KENJI & CHIPITA

顕治とチピタ

ホモ・サピエンスと出会う旅ものがたり

菊池 亮
KIKUCHI RYO

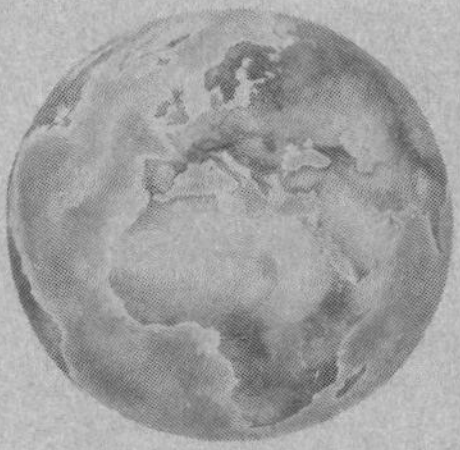

幻冬舎MC

顕治とチピタ

～ホモ・サピエンスと
出会う旅ものがたり～

もくじ

1 羽田空港～ドバイ首長国・ドバイ国際空港～スウェーデン・アーランダ空港

２０２３年５月17日、74歳の永石顕治は久しぶりの羽田国際空港にいた。２０２０年５月19日（火）、３年前に旅程も完成しすべての手配も完了して、後は飛び立つだけの旅行がコロナ禍で阻まれた。淡々とした日常の生活から飛び出したい衝動にかられていた顕治は、一人旅を再開するということでウキウキと心躍る気分だった。顕治の一人旅は、12年前に妻を亡くしてから寂しさを紛らすための旅として始まった。しかし今や海外への旅は、顕治にとって五感をフル回転させ、体を動かす知的運動のようなものだった。これをいつまで続けられるのか、人生をかけた実験のような気がした。

深夜便０時５分発のエミレーツ航空３１３便でのフライトだから、16日午後９時には空港に到着していた。顕治は空港が大好きだった。空港は足早に通り過ぎる場所ではなく、国の威信をかけた秩序と安全、そして国民性が表現されている場所であり、そして空間自体が旅の楽しみとなる特別な場所だと顕治は考えていた。羽田国際空港は東京湾に近く、都心からもアクセスがよい日本の代表的な空港の一つだ。成田空港も大きいが、都心から遠い。

到着ロビーに足を踏み入れると、広々とした空間が広がり、天井が高く自然光が差し込み、ゆったりとした時間が流れていく。お土産ショップには、日本各地の名産品や伝統的な工芸品、さらには最新のガジェットやアクセサリーなど、高級で買うことはできないが、見ているだけで楽しい多彩な商品が並んでいる。レストランやカフェも豊富で、日本料理から世界各国の料理まで、幅広い選択肢が用意されている。

出発前に日本料理を食べることも、顕治にとっての楽しみになっていた。

特に、飛行機好きの顕治にとって、空港の展望デッキから見る飛行機の離着陸を眺めることは格別の楽しみだった。巨大な飛行機の大迫力の離着陸を近くで見ることができ、青い空と飛行機のシルエット、そして都心のスカイラインが絶妙に組み合わさり、一つの絵画のような風景を楽しむことができた。羽田国際空港は単なる一つの出発点や到着点ではなく、その空間自体が旅の楽しみとなる特別な場所だった。旅立ちのワクワク感をさらに高めてくれるのが空港だ。

顕治はこれまでも海外へは何度も行っているが、飛行機に乗ることへの恐怖をいつも感じていた。飛行機が着陸してタキシング（飛行機がゆっくり駐機場まで移動すること）して地上スタッフにより駐機場に案内される。エンジンが切られると、機内の乗客そしてパイロットの、ほっとした気持ちが伝わるようだ。そして待ち構えていた清掃スタッフが機内に入り、それと同時に飛行機周りを点検している飛行整備士がメンテナンスを始める。そして目まぐるしく動き回る荷物の搬出と、次のフライトの荷物の搬入、この間、燃料補給の太いパイプが機体に繋がれている。最後にパイロットが機内外を視認して完了という。

多くの人のお世話で、空の旅が安全はもとより快適なものになっているのだ。しかし、飛行機が激しく揺れたときのあの恐怖。みんな平然としているけれどもきっと気持ちは同じだろう。唯一の救いはキャビンアテンダントの笑顔だ。美人の女性アテンダントの笑顔。この人も一緒ならたとえ……などと気を休めたものだった。

旅行者はある日特定の期間にフライトを利用するけれど、日常のバス、電車などの交通機関と同じように、飛行機は毎日運行しているのだ。顕治は暇を見つけてはスマホやパソコンを利用して、興味があることを調べるのが好きだった。早速、今この瞬間に空を飛んでいる人と飛行機の数を調べてみた。こんな情報も公開されているのかと驚いたものだ。なんと、数千から1万の数の飛行機が飛んでいることがリアルタイムでわかるスマホのアプリがあった。１機に１００名の乗客と計算すると、数十万から１００万人の人が常時空を飛んでいることになる。もちろん時間帯、曜日、現在の旅行傾向によって大きく異なるが、顕治の予想を遙かに超える数字だった。飛行機事故の起こる確率はどのくらいになるのか。あったあった。「事故が発生する確率は数百万分の１程度とされており、他の交通手段と比較しても飛行機は非常に安全な手段です」とあった。飛行機に乗ることが怖くて旅行をためらっている人に知らせてあげたい情報だが、やはり怖い。

何故あの巨体が空を突き進めるのか。翼の形状（翼型）、ベルヌーイの定理、揚力の発生と学問的に完璧な説明が用意されているけれど、それでも不思議だなぁと思うのだ。このようにすれば空を飛べるはずだという理論があり、そしてそれを実現するための技術がある。造ったばかりの飛行機が最初から確実に飛ぶことができるのか、多くの飛行機が3分置きくらいに安全に着陸できるのか、飛行機が自力で滑走路を走行する仕組みはどうなっているのか、詳しくわからなくてもいいことだけれども、知りたいことだった。１９０３年12月17日、ライト兄弟による人類初の動力飛行が成功したとあるが、本当に凄い偉業だと思った。命がけの飛行から安全快適な飛行へ、人類ホモ・サピエンスの英知が創り出した機械なのだ。

チェックインが済んだ後のフライトまでの時間が、顕治にとって至福の時間だった。日常生活では、時間にルーズで走り込んで間に合うといったようにゆとりのないことが多いのに、飛行場にはたっぷり余裕を持っていく。今回はゆっくりとラウンジを利用できる楽しみがあった。飲み物も豊富で、すでにアルコールを飲んでいる人もいた。顕治もお酒は嫌いな方ではないが、今飲んだら体調を崩してしまうことは明らか。74歳の体を自覚し、お酒をコントロールすることも旅を続ける必須条件だ。

145搭乗口からいよいよ搭乗だ。座席は通路側44G、日頃から水をよく飲む顕治はトイレが近い。高齢になってからその頻度が高くなり、家族からは病気ではないのと心配されるぐらいだった。今回の座席はもちろんエコノミーだ。トイレにも近くそれだけで安心する。それにトイレへの行き帰りも、狭い座席からの解放、そして機内を見渡せる機会でもあった。

機内に入り座席を探す。今日は隣はどんな人かなと少しは気になる。若いときは、それは大きな関心事だった。隣に若い女性がいるならときめいていた。ひょっとしたらの展開も期待できるかもしれない。高齢になるということは精神的なときめきが少なくなっていく、あるいはなくなっていくことなのか。いつまでも、ときめいていたい！と顕治は思った。

隣をちらっと見ると若い女性だった。瞬時に整った端正な美人だと認識した。高齢になっても、若い女性にはときめいてしまう。その逆もあるのだろう。顕治は元中学の教師だった。そのせいか若者の近くにいることを好んだ。中学の教師だった頃は、当たり前のように13歳～15歳の子どもたちに取り囲まれていた。今思い起こせば、男子も女子もどの子どももすべてが輝いているように思えた。化粧をしなくてもすべすべした肌、ふさふさした髪の毛。その中にいると自分も若い気分になっていた。だから顕治は若い人の中にいたかった。

機内食が用意され始めた。機内がざわめき、隣の人と声を交わせる雰囲気になる。顕治は人との交流を好んでいた。「こんにちは」と隣の女性に声をかけた。「こんにちは、よろしくお願いします」と爽やかな声が返ってきた。挨拶からすべてが始まるというが、挨拶しても応えない人、うなずくだけの反応の人を知っていた。顕治のように見るからに高齢者は相手にされないこともあった。だから、言葉を返してくれただけで顕治はうれしかった。この女性とは会話を続けられるかもしれない。

「お仕事ですか」

「いえ、旅行です」

初対面でしかも相手は若い女性、あれこれ聞くのは失礼と思い、

「よろしくお願いします。あなたはお若いですね」とだけ言ってみた。すると、

「私は若いという気はしないのですが、23歳になります」と年齢まで教えてくれた。顕治は、挨拶に応えてくれたことだけでワクワクした。

「私は気ままな旅をするのが好きで、行き当たりばったりの旅をしています」

「そうですかぁ！　僕もそんな旅を続けているのですよ。でも若いときからそんな旅ができるとは羨ましいですね」

「そうですか、そのような旅をする方、珍しいですよね。共通した旅のスタイルだからうれしいわ」

「今回はどちらに行かれるのですか」

「スウェーデンにまず行きます」

「僕も今回はスウェーデン・ストックホルムからスタートして、ヨーロッパ縦断するんですよ」

同じ飛行機でも、乗り継ぎでそれぞれの目的地が違う場合もあるので、目的地が同じということで、顕治はわずかながらご一緒できる可能性はゼロでないと希望が繋がったように思えた。

同じ旅行者としての話題の尽きない会話を交わしながら、機内での時間が過ぎていった。

50歳も違う若者と会話できるだけで貴重だと、顕治は得した気分になっていた。

彼女は独特な雰囲気を持っている。何か言葉では表現できない空気を漂わせている。

受け答えの際、目上の人への丁寧な言葉遣いやその態度が実に快い。高齢者にこのように接してくれる若者もいるのだと顕治は感心していた。

深夜便の夜が明けた。一斉に機内の小窓が開き照明も点灯した。

ドバイ国際空港への着陸を予告する機内放送が流れた。

着陸時に墜落の事故が多いと顕治の脳裏に浮かんだが、今回は何故か不安を感じなかった。機内での異常な一夜と、たまたま隣り合わせた若い女性の存在がそう思わせたような気がした。その女性との別れも近づいてきた。この後乗り継ぎだが、もう一緒に近くにいることはないだろう。

ほんの短い時間の交流だったけれど、この人となら行動をともにできるかもしれないという思いになった女性との別れだ。

「それでは、スウェーデンには25日まで滞在しますからどこかで会えるかもしれないですね。さようなら」

「ありがとうございました。短い時間でしたが私も楽しかったわ」

なんと気持ちのよい女性だ。私みたいな高齢者にも親しみを感じてくれたことがうれしかった。もう一度会ってみたいと思う方に顕治は「遊びの名刺」を渡すことにしていた。もちろんそこにはメールアドレスと電話番号、そして自分の趣味がわかるような情報を記載していた。なかなか相手の連絡先を知るということは気を遣わなければならない。しかも相手が女性の場合は特に気を遣っていた。名刺を渡すことは、もし興味があれば連絡してほしいというメッセージのつもりだった。その女性は大切そうに名刺をしまってくれた。

ドバイ国際空港は人類（ホモ・サピエンス）の多様性を感じる空港だ。

顕治は特別に空港に興味があるので、ドバイ国際空港と羽田空港の特徴を比較してみた。ちょっと疑問に思ったとき、何か気になることがあったときネットで情報を瞬時に得ることができる。羽田空港との比較でこんな記述があった。

「ドバイ国際空港は、世界で最も忙しい空港の一つであり、年間約９０００万人の利用者数を誇る。ターミナルは３棟あり、そのうちターミナル３は世界最大のターミナルとして知られている」

顕治は行き交う人々に目を見張った。人類の多様性の「舞台」を見ているようだった。空港内はまるで国際連合の会議のように、あらゆる国や地域の人々で溢れていた。伝統的なドレスを着た人々、ビジネススーツに身を包んだビジネスマン、カジュアルな旅行者、多様な民族衣装をまとった人々など、世界各国の文化がここで交差している。

さらに、さまざまな言語が飛び交っている。

ドバイ国際空港はとにかく広くて豪華で、ターミナルはまるで巨大なショッピングモールのようになっており、別世界に来たような気分になった。

顕治もアジア人として見られているのだろう。空港は過ごしやすい温度に保たれているようだがその温度感覚も多様だ。もろ肌腹出しの女性に出会う。寒くないのか聞いてみたかった。

　昨年の旅の際、ヒースロー空港で乗り継ぎできなかったことが顕治の脳裏に焼き付いていた。コロナ禍での空港職員不足による混乱がトラウマのようになっているから、乗り継ぎに失敗しないように集中した。幸い、空港職員の人員も確保されているようで乗り継ぎ時の荷物チェックもスムーズに流れた。多くの人の流れについて行けばいいが、一人ひとりの次の搭乗口は違うからそこは自分で探さなければならない。とにかく早くその場所を見つけるため、近くのエミレーツの職員に聞いた。搭乗券を見せると、職員専用のデバイスで調べてC３の搭乗口と教えてくれた。世界最大級のターミナルはさすがに大きく、移動式エスカレーターに何回も乗り継いで延々と歩き、そこに到着できた。しかしそこに掲示されている便名が違う。ここでもう一度便名と搭乗口を一覧にしている電子掲示板を確認するとC６とあった。最後は自分で確かめろということだ。

　経由地のドバイを8時40分に飛び立ったエミレーツ航空１５７便は、13時45分に無事着陸した。

　顕治にとって初めてのスウェーデン・ストックホルム・アーランダ空港は、冷たい雨で迎えてくれた。18時間を超える緊張のフライトと乗り継ぎ、これが今回の最初の大きなハードルだった。それもなんとか乗り越えられた。機内食も完食し、機内でも眠れたことがありがたかった。入国手続きがえらく時間がかかり、顕治は最後になってしまった。荷物が大丈夫か不安なまま荷物受取所に行くと、顕治の荷物がポツンとコンベアーに残され回っていた。あーあよかった。しかし黄色のスーツケースベルトが外されてなくなっている、何故？　中身が調べられたのか。その原因を探るゆとりもなく、顕治は先へ進んだ。

2 スウェーデン・ストックホルム

アーランダ空港から最初の滞在先であるサイモン家に向かった。４つの荷物スーツケース、バックパック、ウエストポーチ、ギターを持って、特急列車アーランダエクスプレスでストックホルム中央駅へ移動、さらに雨の中、中央駅から地下鉄でグールマースプラン駅、そこから１６０番のバスでヴァッテルスヴァーゲン停留所へと、サイモンからの事前の案内通りに歩を進めた。雨も結構激しく降り、タクシーを使えば楽だけれど、ここは頑張れるだけ頑張った。顕治は苦労しながらも目的地を目指すのを楽しんでいた。マラソンで身につけた気力と体力、フルマラソン（42・195キロメートル）よりウルトラマラソン（１００キロメートル）、キツければキツいほど達成感があるということか。しかしハラハラドキドキの行動だった。コロナが気になったが電車、バス、地下鉄もマスクをしている人はいなかった。やっとバス停ヴァッテルスヴァーゲンで下車しＧＰＳマップ頼りに進むが、サイモンの家は集合住宅の一室だ。ＧＰＳマップでその家を特定できても、その一室を探せるか。サイモンからアーランダ空港到着以来「お手伝いできることがございましたら、お気軽にお申し付けください」との連絡が入っていた。これだけでも安心だ。こちらの不安状況をよくわかってくれている。

顕治は大きな屋根の４階建ての家の前に立った。日本でいえば集合住宅といったところだけれど、そのイメージとはちょっと違う。まずはその玄関を開けなければならない。事前に教えてもらっているコードナンバー４桁を押した。開いた！　そして1階とあるからその６つある表札を見ると、あれぇない！　あっそうか、こちらでは0階1階、とあるから日本の2階に当たる。そして階段を上がってすぐの玄関の表札を見た。あったあった！　玄関のブザーを押した！

サイモンがにこやかな顔で「Welcome Kenji!」と握手を求めてきた。

やったぁ！　無事にストックホルムでの宿泊場所に到着した！　サイモンの家の一室が顕治の宿泊場所だった。すなわち、サイモンとの共同生活ということだ。背の低い顕治はサイモンを見上げるようにしていた。サイモンは優しい笑顔と褐色の口ひげがよく似合った人だった。間近に見る人類（ホモ・サピエンス）の仲間の一人だと思うと、気が楽になる。言葉は通じなくても通じるモノがある。

日本時間0時5分、深夜便から始まった17日は、時差7時間のストックホルムで落ち着くまで長い長い1日となった。相当疲れていたが、ここで一気に荷物を整理してこれからの旅程の確認、持参のパソコンのセットなど明日からの見通しを立ててから、一休みしようと眠気を払いのけて頑張った。

一段落した顋治は、シャワーを浴び終えると、就寝前にふと機内で出会った女性のことが気になった。彼女は一人、これからどんな旅をするのだろうか。若い女性の一人旅もこの頃見かけるようになった。しかし、なかなかそのような方と話を交わすことはできなかった。

そんなとき、スマホを見たらＳＭＳ（Short Message Service：ショートメッセージサービス）にメッセージが入っていた。誰からかと見ると、機内で出会った彼女からのメッセージだ！　眠気も吹っ飛び顋治の心は高鳴った！　あの美しい初対面の人からの連絡だ。「あなたとお会いして以来、私は話をよく聞いてくださったことがうれしかった。高齢の方が一方的に話して会話が途切れてしまうこともあったけれど、あなたとの話はいくらでも続きそうだった。だから、あなたとまたお会いしたいと思いました。いただいた名刺に電話番号がありました」とあった。顕治は興奮した。本当に、この出会いが顕治の一人旅に大きな夢を与えてくれるような気がした。しかし、しばし冷静に考えてみた。若い女性が、この女性にとって決して魅力的とは思えない74歳の高齢者に近づこうとしている。これは有頂天になってはいられないぞ！　日本では高齢者をだます詐欺事件が多発している。ひょっとしたら、何か他の目的があるのかもしれないから警戒しろよ！という、もう一人の顕治が心の中でつぶやいているような気がした。

どうする！　ここは異国のスウェーデン・ストックホルム。一人旅をしているという女性が、何か他の目的で接近してくるとしたら何があるだろう。やはりお金か。と考えを巡らしたが、「私の話をよく聞いてくれたことがうれしかった」の言葉が、彼女との短時間での立ち居振る舞いと結び付くと真実味を帯びていた。ヨシ！　会ってみよう！

ＳＭＳの最後に「チピタ」とあった。名前が「チピタ」！　何かありそうな名前だ。

「ありがとう！　ほんとうれしいですよ！　私もあなたと別れてから、あの人となら一緒に行動をともにできたら楽しいだろうな思っていたんですよ。あなたはあまりに若過ぎる。高齢者の話は、どうしても自分の過去のやってきたことが話の中心になるから、どうしても自慢話のようになってしまうのです。そこは理解してほしいですね。でもあなたとの会話はおもしろいからこれからもっと交流を深めたいですね」と、ＳＭＳの上限670文字制限を一杯使ってでも、彼女に知ってもらいたいことを送りたいと夢中で作成した。でもわずか185文字だった。すぐに返答が返ってきた。

「永石顕治さん、ありがとうございます。失礼します、顕治さんとお呼びしていいですか」

「もちろんです。それでは、僕はチピタさんと呼ばせてもらっていいですか」

「〝さん〟はいらないです。顕治さんは大先輩ですから、私をチピタと呼んでください」

一気に、あの初対面の女性との距離が近づいたように感じた。

「顕治さんも旅慣れておられるからどこにでも行けると思いますが、私も指定された場所に行くことができます。場所を指定してください」

「本気だ！」チピタからの返答に顕治は何か清らかさを感じていた。

どこでお会いしようか。まだ到着したばかりのストックホルムだ。

そうだ、明日スウェーデン在住のサナさんと会うことになっている。この旅では大事な時間だ。ストックホルム25年以上在住のサナさんとのミーティングだ。

特に一人海外旅行者にとってありがたい仕組みが全世界に張り巡らされている。世界の至る所に日本人が在住していることを利用して、旅行者と在住者を事前に引き合わせてくれるビジネスがあることを顕治は知っていた。今回の一人旅を安全に進めるには、挨拶程度の英語しか話せない顕治にとって在住日本人の方の情報が不可欠だと考えた。事前に連絡を取れたのが、ストックホルム在住のサナさんだった。サナさんのプロフィールには、

居住地 ストックホルム　**使える言語** 英語、日本語 スウェーデン語　**得意分野** 大学、観光、グルメ、エコツアー、オペラやバレエ、美術鑑賞。ストックホルムに25年以上在住で、スウェーデンの大学で留学を含めたプログラムを担当。**趣味** ボートで群島巡り、美術館やオペラ、バレエ、コンサート・映画鑑賞、スケート等。

とあった。趣味も多くて楽しそう、頼りになる人だと思った。

「チピタ、それでは地下鉄のスルッセン駅改札を出た広場にある、5人の少女の銅像前でどうですか」その場所は、サナさんが指定してくれた場所だった。サナさんには事前に知らせていないので驚かれると思うけれども、これから旅をする際にチピタにも聞いてもらっておいた方がよいのではと判断した。チピタは、誰と会ってもきっと気持ちのよい対応ができる人だと思っていた。ただ、外から見て高齢の男性と娘とは言いがたい、見るからにお若い女性が一緒にいると、いろいろ勘ぐられるなと思った。たまたま飛行機でお会いした人ですと言っても、誰も信用しないだろうと顕治は思った。でも誰がなんと言おうと、自分が信じることを行動に移すことにためらいはなかった。ここまで生きてきたのだ、「自分が思うままに生きていくこと」これを肝に銘じていた。

とにかく絶対に遅れたりしてはいけない待ち合わせということで、顕治はゆとりを持って待ち合わせ場所に向かった。サナさんからは、スルッセン駅改札を出た広場と指定されたが、天気が気持ちよく一駅手前のガムラスタン駅で下車して、駅前広場に向かった。確かにここが指定した場所なのに、5人の少女の銅像が見当たらない。ゆとりを持って来たはずなのに、銅像を見つけられないで少し焦ってきた。スルッセン駅の5人の少女の銅像を通行人の方にGPSマップを見せながら質問した。親切に応えようとしてくれたが、みなさん首をかしげるばかり。他の出口がないかと周辺をぐるりと歩き回った。そして5人の少女の銅像は、この先の階段を上ったところにあるはずだと確信を持って教えてくれた交通整理の女性の言葉を信じて、そこに向かった。なんと顕治が到着したスルッセン駅前に出た。そして目線をちょっと下に向けると、そこに5人の少女が手を繋いでいる銅像があった！　細くて人混みで隠れてしまう銅像だった。銅像というから、顕治は勝手に見上げるような大きなモノと思い込み、それらしきものを探していたのだ。「なーんだ。これが5人の少女の銅像か。楽しそうに手を繋いで遊んでいる銅像だ」とほっと癒やされる銅像を見て顕治は笑みを浮かべていた。

待ち合わせの時間ギリギリに待ち合わせの場所に立つことができた。

サナさんと初対面、チピタとはワクワクの再会だ。どんなことになるのだろう。

まずサナさんが現れた。

「顕治さんですか。私はマスクをしていますがこれはアレルギー予防です」

ストックホルムではほとんどマスクをしている人がいない。「サナさんですか初めまして」と挨拶を交わした。事前に知っていたサナさんのプロフィールのイメージ通りで、すぐに会話できる雰囲気を感じた。その横に成人されたお子さんも一緒だった。

そしてまもなくチピタも現れた。

「実は僕と同じように一人旅をされているチピタさんです。サナさんのお話を一緒に聞いていただきたいとお誘いしました」

サナさんは一瞬驚かれた表情をされたがすぐに丁寧に対応してもらい顕治はほっとした。

困った！ トイレに行きたい。サナさんが来る前に近くのホテルに入り「トイレを貸してほしい」と顕治はお願いしたけれど、受付の女性はにこやかに「宿泊者以外は使えません」。他を探すがこの広場周辺が工事中でレストランも休業だった。

ちょっと間が悪かったけれど、サナさんにお会いした早々にトイレの場所をおたずねすることになってしまった。とにかく店がない、「大丈夫です、ヒルトンホテルを使わせてもらいましょう」と自信あり気なお言葉に救われた。そこから歩いて3分ほどのホテルに案内してくれた。頼りになる方だ、本当に助かった！チピタがクスッと笑い顕治の動きに反応していた。もう格好つけなくていいや！

さすがにヒルトンホテル、何のお咎めもなく快適に使用することができた。そして近くのロビーのソファでサナさんとチピタが待っていてくれた。

サナさんはストックホルム市内案内のための地図、博物館の地図、そして各電車の路線図などを用意してくれていた。顕治はサナさんに自分の一人旅についてお話しした。

「今回の旅の目的の一つは、友人に私の書籍を直接お渡しすること、そしてこれから1ヶ月にわたるヨーロッパ旅行での参考になる情報を知りたいのです」とお話しした。サナさんもこの特別な旅の目的に興味を示し、その友人の名前を聞いてきた。

「ビルギット、それはスウェーデンには多い名前ですね。その次のアーシは手がかりになるかも」

とスマホで操作して、なんとビルギットの電話番号、年齢などの情報を瞬時に取得したようだ。個人情報ということで教えてもらえなかったけれど、この方のいるところでビルギットと連絡が取れれば確実だと、その場でFacenote（実名登録が一般的で、リアルな繋がりを重視したＳＮＳ）のメッセージで「ビルギット！実は今ストックホルムにいます。あなたにお会いできますか。電話番号と住所を教えてください」と送った。通じればいいのだがと思ったが、Facenoteも使いこなしているビルギットの反応は速かった。

すぐに電話したら元気なビルギットの大きな声が響いてきた。挨拶を終えてサナさんに代わってもらった。全くわからないスウェーデン語でまくし立てるように話している。

顕治が再会する段取り、待ち合わせ場所など細かく話しているようだ。ふとチピタを見ると、うなずきながらサナさんのスウェーデン語を聞いている。チピタはスウェーデン語がわかるのか。別れ際にサナさんが顕治に言った。

「チピタさん、おきれいな方ですね。少しお話ししましたけれど、ストックホルムについてもよく勉強されておられるようですね」

嫌みのない率直なサナさんのお言葉に、顕治は何故かうれしく、ありがたいと思った。

サナさんと別れてから、チピタと二人でスルッセン駅からガムラスタン駅までの海沿いの道をゆっくりと進んだ。海はまるで鏡のように静かで、天空の雲が美しく映し出されていた。そこには、多くのベンチがあった。多くの人が戸外を好み談笑している。

顕治は落ち着いた室内を好むが、まだ再会したばかりでカフェレストランにチピタをお誘いすることをためらっていた。空いているベンチに腰をかけて、チピタと顕治は話し始めた。

「すいませんね、いきなり他の方との待ち合わせと一緒にさせてもらいました。どうでした、サナさんとのお話は」と顕治から切り出した。

「大変興味深かったわ。ストックホルムに24年もおられていろいろなご趣味もお持ちのようで、よい刺激を受けました。顕治さんの旅についても知ることができました。ところで書籍をビルギットさんにお渡しになるということをおっしゃっていましたが、顕治さんが出版された本なのですか」

「よく聞いてくれましたね。そうなんです、昨年9月に幻冬舎という出版社から『62歳、旅に出る!』という書籍を出版しました。その際ビルギットについても書かせてもらい、写真も掲載することを許可してくれたので、是非直接お届けしたいと思いました」

「それは素敵なお話だわ。ビルギットさんはどんな方なのですか」

「マルタ共和国の英語学校で一緒に学んだことがきっかけで知り合いました。日本人の平均的な女性よりも小柄だけれど、エネルギッシュでいつも若者に取り囲まれている女性で、年齢も僕より5歳年上です。彼女は英語に堪能だから『何故あなたはそんなに流ちょうに英語を話すことができるのに英語を勉強するの』と聞くと『私の英語はスウェーデン風英語だから本物の英語を学びたいの』と言うぐらい、とにかく学習意欲旺盛な女性です。ところで、チピタはサナさんのスウェーデン語を理解しているようにお見受けしたけれど、スウェーデン語がわかるの？」

チピタはちょっとためらった感じで

「まあ、少しなら話せます」

「すごいなあ、もちろん英語もできるんでしょう」

「まぁそれなりに！」とチピタは控え目だった。

「ところで、これからの旅についてだけれどもチピタはどんな旅をしたいですか」

「私はいつも気まぐれであまり観光地とか世界遺産とかには興味ないです。変かもしれないけれど世界中の人に興味があり、顕治さんとこうしているのもこの人おもしろい！と直感したからです」

「そうですか！　でもチピタもおもしろいね。僕の知る普通の若い日本人女性とは違うね」

「そうですか。そう言っていただきうれしいです。でも顕治さんが書籍も著し、何かおもしろいことをしそうだという私の直感は図星かもしれませんね」

「またまた、そんなことを言われたのは初めてですよ。でもうれしいなぁ、チピタと僕の旅は共通しているよ。僕も決して観光名所に興味ないということはないけれど、とにかく人類（ホモ・サピエンス）にできるだけ多くお会いしたい、できたらお話もしたい。そんな旅にしたいんだ。人類史を学び、人類がアフリカで誕生したときは多くの種の人類がいたが、現在地球上にいる人はすべてホモ・サピエンスという種のヒトだということを知りました。国を越えた同じ仲間と考えると楽しくなってきました」

「それも素敵だわ」

顕治はチピタとお話ししていくうちに、チピタがきれいな人を超えてお互いに理解し合える親しみのある美しい人に見えてきた。なんという出会いだろう。この出会いを大切にチピタとお互いに満足する旅をしようと心に誓った。


「これからほんとに楽しくなりそうですね。早速明日からどうするか考えてきました。僕から一応案を出すからチピタも何かあったら言ってね。僕はあなたとはこんな感じの旅をしたい。例えば4日後にこの同じ場所で会おう、この間に僕が見聞してきたこと、あなたが見聞してきたこと、感動をお互いに交流する。もちろん一緒に見学する時間も作る。どうですか」

「顕治さん、おもしろいわ、一人旅のおもしろさとお互いの寂しさを和らげることができるわね。ひょっとして奥さんともそんな旅がしたかったのではないですか」

「チピタに心を読まれた」と二人の間に共感の笑いが湧き起こった。

「僕の旅程をチピタに知ってもらった方がいいかな」

「いいえ、私も自由な気楽な旅にしたいので、顕治さんの旅程は知らない方がいいと思います。もし何かありましたら早めに連絡してください。住所あるいは名所を教えてもらえば確実に行くことができます」

「了解しました。僕も住所さえ教えてもらえばどこにでも行けますよ。チピタが困ったことがあったら連絡してね。何はさておきすっ飛んでいくからね」

「ありがとう顕治さん」


まだ会ったばかり、まだまだお互いに知りたいことがある。でも二人の間には安心感が生まれていた。いずれお互いのことはわかるだろう。確かにお互いが人のいい旅人に違いないことを確信したからだ。

とにかくお互いの旅を豊かにするための、一緒の旅。高齢の夫婦が寄り添いながら、まさに体を支えながら歩く姿を見るにつけ、「いいなぁ、あんな風に」と顕治は感じてきた。その一方、二人でいつも一緒ではない旅ができたらとも思ってきた。チピタとの出会いはそれを実現させてくれそうだ。ゆっくりゆっくりチピタとの交流は進めていこう。

チピタと別れてから、気になる観光スポットに立ち寄ることにした。ガムラスタン駅近くのノーベル賞博物館（Nobel Prize Museum）だ。顕治は日本の国立科学博物館でボランティア活動をしている。地球館の地下3階にノーベル賞受賞者の展示物があり、顕治の気に入ったフロアーの一つだった。実際にノーベル賞博物館を見学して、日本の科学博物館の展示物だけでは伝えられないものを伝えられたらという思いでいた。顕治の旅は、このボランティア活動とも意識的に関連付けられていた。展示を見るということは相当の集中力と労力がいることはボランティア活動で知っていた。その時間を有効にするために、顕治は必ずネットで事前の学習をして訪問することにしていた。そして展示内容を学び、実際にどのように展示されているか、展示の仕方にも興味があった。

ノーベル賞博物館の展示は、映像や模型、インタラクティブな展示など、さまざまな手法を用いて、わかりやすく、そして興味深く紹介されていた。

医学・生理学賞の展示で印象的だったのは、マリー・キュリー夫人の大きな写真と一緒に大小のさまざまな実際に実験で使われたフラスコがグリーンの輝きを発していたことだ。キュリー夫人の研究成果を暗示しているものだった。有名な受賞者たちの研究成果を、映像や模型を使ってわかりやすく紹介していた。

とにかくほんの一部しか見学できなかったが、また訪問したいという思いと、ノーベル賞博物館を訪問したという事実が、しっかりと顕治の記憶に刻み込まれた。

顕治は体調もよく、熟睡できたおかげで疲れも残さず、サナさんとの打ち合わせ、チピタとの打ち合わせも終えてこれからの旅に夢膨らむ思いで、地下鉄とバスを乗り継ぎ、ヴァッテルスヴァーゲンから徒歩でサイモンの家に戻ることができた。

サイモンがコーヒーを入れてくれた。顕治はサイモンの顔、目をしっかり見て会話を試みた。大きな声で発音する、わかったふりをしない、翻訳アプリを使いこなすことを心がけた。ちょっと会話が途切れると、はっきりした日本語で自信を持って話す。日本語を直接初めて聞くサイモンは興味深そうに口元を見ている。

そしてアプリで翻訳された内容を顕治が英語で話す。

顕治は日本に興味があるというサイモンに、日本文化の一つ、折り紙を使って交流することにした。大きな手で結構器用に折り紙を折っている。できたら大喜びで細い糸のようなひもでそのできた鶴を天井からつるしてくれた。もうこれだけで、いろいろなことを話せる雰囲気ができた。「顕治！　ジントニック飲まないか」まだ明るいがいいだろうと乾杯！

そんな交流の中で、サイモンの仕事も教えてくれた。都会のプランナー兼コンサート主催者ということだった。もっと掘り下げて聞いてみたかったがポンポンと投げ返すような会話はできないのでこれくらいにした。コンサート主催者ということは音楽にも興味あるということか。ギターを弾いての交流もできるかもしれない。顕治は次の楽しみを期待していた。

顕治の趣味はランニングで、ランナーとして数多くのフルマラソン、ウルトラマラソン（100キロメートル）に参加してきた。旅先でのランニングは体調を整えるために欠かせない運動になっていた。日本ではなかなか早起きできなかったが、ここではやはり緊張しているからか起きることができた。早朝気持ちのよい空気の中、すべてが未知の場所に足を踏み入れることで気持ちまで新鮮になる。スウェーデンの面積は日本の約1・2倍だが、人口は日本の約8分の1であるため、スウェーデンの人口密度は日本の約23分の1とあった。

早起きして宿泊場所周辺を散策すると、一歩進めば森という環境もあり、人と出会うことも少ない。通勤、通学か高速で自転車が走っている。自動車と同じくらいの車線が確保されていて、日本と比べてゆったりした恵まれた環境だった。

ストックホルム2日目の朝、ランニングから帰宅した頃から体がなんとなくだるくなった。昨日「少量」だがサイモンからジントニックをもらい、飲んだのが悪かったのか。

体温を測ると39度まで上がる。急速に気分が悪くなっていく。一番恐れていたことが起きた。一人旅の一番つらいときだ。サイモンが救急車を呼ぼうかと言ってくれる。もう少し待って！とフーフーしながらも、自分でやれることはやろうと早速海外保険の連絡先に電話した。保険といってもこんなとき、電話が繋がらなかったり結局役に立たないのではという不信感があった。繋がった！　優しい日本語での応対だ。「つらいでしょうが頑張ってください。契約している病院を探しすぐに電話します」ありがたい！　でも本当に見つかるか。まもなくすると「病院がありました」の連絡があった。こんなとき横にいて、いろいろ手配してくれる人がいてくれるとありがたいのだが。チピタがスウェーデン語、英語ができそうだった。顕治はチピタに助けを求めようか一瞬考えた。いや知り合ったばかりの若い女性にお世話になるということは、もう一緒に旅はできませんということになってしまう。ここは一人で頑張ろうとすぐに病院に向かった。サイモンがタクシーまで見送ってくれた。ここが病院だと降ろされた家、確かに病院らしい人がいない。約束の時間、3時までまだまだ時間がある。周りに人の気配がない。不安になった顕治はやはりチピタに助けを求めることにした。「チピタ、申し訳ないけれど、具合が悪くなり今病院に来ていますがまだ先生が来ない。チピタ来てくれるかな」とSMSで発信した。チピタの反応は早かった。「それは大変ですね。すぐ病院へ向かいますから住所を教えてください」と反応してくれた。優しい人だ。何のためらいもなく助けに来てくれるというのだ。

まもなくチピタがタクシーで乗り付けてくれた。「顕治さん、大丈夫ですか!」と小走りに近づき声をかけてくれた。「申し訳ない!」と顕治は頭を下げた。日本語で話せる人がいてくれるだけでほっとする。お医者さんに自分の状態を話せるかも不安だった。

1台の乗用車が止まり、足早に顕治たちの方に近づいてきた。そして鍵を開け、女性が入っていった。顕治もチピタと一緒に診察室に入った。顕治は女医さんへの挨拶もままならないがチピタが流ちょうに話している。スウェーデン語は全くわからない。

優しく知的な顔をしたドクター・ブローリンはしっかりと顕治の目を見て、血圧測定から始まり体全体をチェック、基礎疾患の有無など問診後、コロナ感染について検査すると鼻孔に綿棒のようなものを入れた。その後持ってこられた機器を使ったのち「コロナに感染しています」と言った。即、顕治は言った。「えーっ！旅を続けてはダメですか」これで旅をストップしなければならないか、そのショックと今のつらさ、不安から逃げることができるならやむなしの気持ちもあった。ドクター・ブローリンは言った「あなたは基礎疾患がなくて顔色もいいから回復したら続けてもいい。それまで静養しなさい」この間すべてチピタの通訳でしっかりと医師とのコミュニケーションがとれた。このとき旅は止めなさいと言われたら、止めなければならなかっただろう。本当にチピタに来てもらってよかった。

優しい顔に戻ったドクター・ブローリンが「お二人は日本人ですか。私も日本にいつか訪問したいと思っているのですよ。失礼ですがお二人はどんな関係なんですか」

スウェーデン語は全くわからない。すべてチピタの通訳だ。チピタは二人の関係をどのように伝えたのだろうと、高熱でキツいのに顕治は少し気になった。

チピタにこれ以上迷惑をかけてはいけない。コロナへの感染もしている。チピタはサイモンの家までタクシーで送ってくれた。そしてまた連絡するからとお別れした。とにかく話すのもキツい。サイモンには風邪だと告げて、本日チェックアウト午後3時に間に合うように荷物整理をし、そして静養先のホテルを探しなんとか予約までこぎ着けた。ゆとりのないときの予約でとにかく宿泊費が高くない、朝食付き、ストックホルム中央駅に行くのに便利なホテルを探した。

書籍をビルギットに届けるためにストックホルムから4時間ほどの列車でヨーテボリのピレーさん家が次の訪問先だったが、それはキャンセルし静養することにした。サナさんがビルギットと再会する段取りまで打ち合わせしてくれたのに、ヨーテボリに行けなくなった。

ビルギットにFacenoteのメッセージで、高熱を発し再会できなくなったことを知らせた。

ビルギットから「会えないのは残念だけどあなたの書籍を読みたい。ストックホルムで娘が働いている。あなたのホテルに取りに行かせるからホテルの名前教えてください」というメッセージが来た。今回の旅の目標の一つ、書籍をビルギットに再会しお渡しすることは実現できないけれど、その娘さんを通じてお渡しできる。何よりビルギットの熱い思いを知ってうれしかった。

ストックホルムのホテルへ向かう。運転手がホテルの近くで降ろそうとしたが、歩くのもつらい。こちらもマップでチェックしていたのでもっと近くに行ってと促す。確かに細く入りにくい道だが行けないことはない。なんとかホテル名「Old Town Sweet Hotel」の刻まれている建物、家の前に止めてくれた。しかしそこから、体の不安とともに、このホテルにチェックインできるのかという不安に襲われた。普通、ホテルにはカウンターがあってそこで名前を告げて鍵をもらって入室！　これが顕治の頭にあるホテルチェックインだ。違う！　ガッシリとした玄関ドアを開けようとしても、ビクともしない。横にインターホンがあり、ボタンを押して通話を試みる。大きな声で名前を呼ぶと、玄関の鍵が解除されたようだ。入室できたが、小さなエレベーターの入り口で人気がない。とにかくエレベーターに乗ると2階が受付らしい。小さい窓口でやっと人に会えた。しかしこちらが挨拶しても応えもせず、怖い顔でにらみつけるように見る。顕治は「おいおいこちらはお客さんなんだけど」とつぶやいた。体調が非常によくないので早くしてほしい。スタッフはパソコンをにらみながら手続きをしているようだ。断られなかったからちゃんと予約はされていた。

部屋に入り驚いた、窓がない。寝るだけの小さいベッド、そして周りは天井までレンガ。まさに独房のイメージだ。よくもまあ無駄なく泊まるだけの部屋として工夫されている。とにかく横になることができるだけでありがたいと思った。じっと休養するにはいい環境かもしれない。換気がよいのか息苦しさはない。キツい、熱が下がればなんとかなる。解熱剤を飲むだけで気休めになる。

5月22日は高熱で何もできず、ただベッドに横たわるだけの一日。

二日後の5月23日には熱が下がった。回復を願ってじっと体を休めた。

その翌日、歓喜の朝となった！　ホテルの「独房」の中でも頭が今までになくすっきりした！　体温の変化が安定してきた。

午前8時、ビルギットの娘さんがホテルまで来てくれることになっていた。ホテルの入り口に出て、娘さんの到着を7時過ぎからホテルの入り口で待った。通勤時間帯のホテル近辺の人の動きを見ることになった。ガッシリしまったそれぞれの玄関から通勤に急ぐ人、犬の散歩に出かける人が現れた。静かな「観光」といったところか。静止して景色、人の動き表情を見る！　これもおもしろい。石畳のきれいな歩道を足繁く行き交う人たち。大きな清掃車が音を立ててゴミの回収をしている。遠くにこちらに近づいてくる女性の姿があった。ビルギットの娘さんとの対面だ！　ＳＭＳだけのやりとりでビルギット本人とお会いできなくて娘さんが来てくれたのだ！　ビルギットに似ている小柄な女性だった。ビルギットのメールで「People says that Ewa-Marie is my little sister.」とあった意味がわかった。確かに親子だけれど、ビルギットに瓜二つのように似ていた。

顕治は、自分の書籍を間接的にでもビルギットにお渡しするという目標を達成できて満足だった。時間ごとに気分もよくなり、これから先の旅程を考える意欲も出てきた。

ストックホルムでは動き回るつもりができなかった。最後せめてもの観光として、ストックホルム自然史博物館を訪問した。

この間、チピタのことが頭から離れなかった。コロナに顕治が感染したと診断された場にチピタはいたのだ。顕治はチピタに連絡することをためらった。連絡しても通じなくなるのでは。自分にとってますます離れがたいチピタを感ずるが、チピタにとって顕治に何の魅力を感じるのだろうか。チピタがコロナに感染している可能性もある。

どちらにせよ、連絡して次の旅程に進む前に再会できるなら再会したい。

「チピタ、お陰様で僕は回復して気持ちのよい朝を迎えています。一番つらいときにあなたがいてくれ、そして医者との対応もしてくれて本当にありがとう。できたらお会いしてこれからの旅についてお話ししたい！　連絡ください」

どんな返事が来るのか、来ないのか。チピタからの反応は速かった。

「回復してよかったわね！　おめでとう。是非お会いしたい。場所と時間を指定してください」

顕治は本当にありがたく思った。こんな自分との再会にも、チピタは躊躇もなかった。

「ありがとう！　本当にうれしいです。それでは明日チューリッヒ16時20分のフライトです。アーランダ空港のチェックイン前に13時でどうですか。場所は……」

「了解いたしました。顕治さんとの再会を楽しみにしています」

悪夢のようなコロナ感染からの脱出、顕治はチピタとのこれからの旅行に大きく胸を膨らませた。会ってまもないが、チピタが一番つらいときに臆せず助けてくれたという事実。これによるチピタへの顕治の信頼が、強固なものになっていくのを感じていた。


人には必ず別れが来る。しかし妻との別れはあまりに早かった。

一人暮らし、寂しさから一人旅を始めてもう12年になる。一人暮らしにも慣れて暮らすことができるだけでありがたいと思うけれども、どうにも慣れないのが寂しさだった。

妻は小学校の教師をしていて、彼女といると仕事の話から子どもの話と話題が尽きなかった。二人の娘が地方の大学で下宿生活をしたとき、二人だけの生活も楽しかった。妻が言った。

「とうちゃん、同僚から『娘さんたちが遠い地方での下宿でご主人と二人では寂しいでしょう』と言われるけど、寂しくないよね」

顕治の趣味でもあるマラソン大会に出場し、ゴールしたとの知らせに、運動はあまり好きでないといっていた彼女からの「よかったね！」のひとことで顕治はほっと安心したものだった。

旅も好きで、これから退職したらこんな旅をしようと夢を語り合った。

その夢も叶えられなくなり、諦めていた。何より一人暮らしでは人と話をする機会が減った。毎日のように教室で授業をし、生徒たちと会話することが仕事だった顕治にとって、話ができないということが潜在的なストレスになっていると自覚していた。だからチピタとの出会いは、顕治にとって妻との楽しい日々の再現であり夢の実現でもあった。

チピタのような人と一緒に住めたら……顕治の妄想は広がっていく。

9時30分過ぎ「独房」より脱出。顕治は確実にチューリッヒに移動するためにアーランダ空港に向かった。16時20分出発だが、とにかく空港のトラブルは時間がかかる。今日1日は移動に専念することにした。チェックインカウンターの場所が変更されていた。二つ目の荷物の扱いについて、機内にするか荷物預かりにするか時間がかかった。そしてやっと搭乗券をもらえた。

ストックホルム・アーランダ国際空港は北欧の玄関口としてヨーロッパへのアクセスが良好な空港で、年間利用者数は3千万人、羽田空港は8千7百万人とあった。日本は空港も過密状態にある。

顕治は予定時刻20分前に待ち合わせ場所に向かった。遠目でもモデルのように均整のとれたチピタの姿を見つけることができた。本当に来てくれた。

「チピタ、わざわざ呼び出したりして、チピタの旅行の計画を狂わせてしまったかな」

「大丈夫です！　顕治さんに再会できてよかった、コロナを打ち負かしたんですね」

「いやぁそう言ってくれるとかっこいいけれどゆとりなく、チピタがついていてくれたから頑張れた。なんとしてもあなたと一緒に旅をしたいと思ったからね」

「それはうれしいわ！　私も回復したという顕治さんからの知らせを今か今かと待っていたんですよ」

と、二人の会話は再会の喜びと顕治の回復で明るい笑いに包まれていた。

顕治は、チピタにこれからやってほしいことをお願いすることにした。

「僕はこれからチューリッヒに発ちます。18時45分チューリッヒ着後、今度の宿泊先はスイス、チューリッヒ湖の近くのナディーンさんという家です。また到着したらその宿泊場所の住所を知らせるね」

「次はスイスなのね！　楽しみだわ」

「それでお願いなんだけれども、コロナのおかげでストックホルムでの見学ができなかったところをチピタに見てきてほしいのね。チピタの見た感想などを聞きたい」

「それはおもしろいわ。二人で違った場所を旅するという新しいやり方ね。おもしろい！　私も思いきり楽しめそう」とチピタは答えた。顕治はチピタが何でも自分のことを聞いてくれてそれを楽しんでいるように思えたが、チピタに言った。

「チピタ！　あなたは無理をしていないか。僕の勝手な要求に気持ちよく受け入れてくれる。あなたの予定とバッティングしていたらあなたの旅程を優先してね」

と言った。

「顕治さん大丈夫よ、当てもなく旅を楽しんでいるのだから、その旅を共有できる人がいるだけでおもしろさが倍増するように感じるわ。遠慮しないで顕治さんのやりたいことどんどん言って」とチピタは答えた。

「それでは3カ所お願いします」と顕治は次の3カ所をあげた。

一つ目はウプサラという街。顕治は最近めまいがするので耳鼻科に通っている。

その耳鼻科の先生は気さくで診察しながらも患者との交流を楽しんでいた。今回の旅行の話をしたら、懐かしそうにウプサラというところで学会があったとお話ししてくれた。先生に関係する地を知ってみたい。

二つ目はヨーテボリ。顕治がビルギットとの再会を約束した場所ヨーテボリ、スウェーデンの西に位置する場所で、そこまでの電車の旅も楽しみにしていた。

三つ目は墓地。墓地はその国ならではの聖なる場所だ。そこに眠る人にご挨拶したい。その一つに花を手向けたい

顕治の今回の旅は「人類ホモ・サピエンスに出会う旅」とした。世界中の人たちは共通して必ず死んでいく。そのお墓はそれぞれの国で違う。それを知りたい。

「わかりました。私も楽しめそう。私の目で見たことを話せばいいのね」

離陸2時間前、顕治はチェックインした。姿が見えなくなるまでチピタが見送ってくれた。異国の地で自分を見送ってくれる人がいる。それだけで顕治はうれしい気持ちになった。

顕治の要求に文句なく応えてくれるチピタ、本当にうれしいけれど、不思議に思った。

指定された場所にも地名、住所を言うだけで来てくれる。スマホの普及で待ち合わせが大変便利になった。日本国内だけでなく、海外でも自由に使えることを知ったときは驚きだった。世界の若い人たちはそれを使いこなしている。顕治もこれを使いこなしているから「どこにでも行ける」と言えるのだ。しかし、チピタには何か底知れぬ隠された能力を感じていた。もっともっとチピタを知りたい。

顕治の次の訪問地は、スイスのチューリッヒ。オーナーは女性のナディーンさんだ。初対面の人と会うそれだけでドキドキする。相手が女性だとなおさらだ。

3 チューリッヒからヌーシャテル

スカンジナビア航空1605便でアーランダ空港からひとっ飛び、2時間少しのフライトだった。チューリッヒ空港は、スイスの首都チューリッヒ郊外に位置している。チューリッヒは、スイスの最大の都市であり、スイス最大の空港としても重要な役割を果たしている。

年間利用者数は、チューリッヒ空港が3千万人。羽田空港が8千7百万人とあった。顕治は空港到着後、できるだけ早く次の宿舎にたどり着きたかった。

到着して気分もよいが、まだ病み上がりでできるだけ消耗を避けたい。荷物を背負っての慣れない駅での電車探しは大変消耗する。タクシーを利用することにした。感じのよい運転手でトミタ車だった。顕治はできるだけ話しかけるようにした。日本語をいくつか知っている。これだけで親近感が違う。スマホで示した場所に到着したがそこは病院だった。もう一度住所を確認し事前に作ってきた住所のメモを渡すと、ここから少し離れたところとわかり、ヒヤヒヤものだった。一つ一つ確かめながら進まなければならない。ナディーンさん家のすぐ前で止めてくれた。助かったぁ！

入り口に目の覚めるような真っ赤な花（ムラサキセキナン）が印象的だった。3階建てのきれいな集合住宅の1階、直接ナディーンさんが迎えてくれた。飾り気のない顕治よりずっと大きな女性だった。

ナディーンさんは部屋の使用方法、共有のトイレ、洗濯機、バスなどの案内をしてくれた。バスタブのある家だった。シャワーの生活を続けてきたので、体全体を温められれば元気が出ると思った。コロナ感染をきれいに洗い流せるような気がした。

日本の風呂、スーパー銭湯を思い出した。約30兆の細胞一つ一つに元気を与えられるような気がする！

落ち着いた明るくきれいな部屋が与えられた。棚には北京、スペイン、シンガポールなどの文字入りのマグカップが並べられていた。窓からは緑の木々が溢れ、通りの様子も知ることができる環境だ。ナディーンさんの家では、仕事帰りのご主人と3人の共同生活になる。

久しぶりに熟睡できた。外から柔らかい日光が降り注いでいる。ここはスイス・チューリッヒの住宅街、テラスから見える景色が夢のようだ。バルコニーには花が飾られている。ちょっと空気はひやりとするが心地よい。

顕治はありがたいと思った。今回の人との交流の旅はこのように受け入れてくれる方がいるからできることだ。自宅にゲストを招き入れ生活を共にすることは、単にわずかな収益があるにせよ、なかなかできるものではない。みなさんやはり旅が好きで、世界の人との交流が好きという共通したものがある。ご夫婦でこのように受け入れてくれるナディーン夫妻は、きっとご主人も優しい人なのだろう。

朝になってご主人とご挨拶。自分が英語の発音は得意だけれどヒアリングが不得意と、前もって知ってもらってからの交流がスムーズになってきた。つまずいたらすぐ翻訳ツールを使い、日本語ではっきりと相手の顔を見て話す。日本語が全くわからない人が一生懸命聞こうとしている顔を見て、英語で話す。にっこりと通じるという流れだ。きっと難しいナマの日本語は初めて聞く人も多いだろう。逆に堂々と日本語を紹介できるチャンスにもなっている。しかし、できるだけつまずかないで話せるように英語の勉強を続けよう。

ナディーンさんが言った。「私たちは、今日の午後登山に行って日曜日の遅く帰ってきます。二人で登山に行くから、顕治さんこの家を自由に使って留守番して、困ったことがあったら連絡してください。チェックアウトしたら鍵はポストに入れておいて」

ナディーンさんと会ったと思ったらもうお別れだ。何かできないか。ナディーンさんの家にはギターがあるのを気がついていた。今しかないと、「日本の歌を紹介したいのですが」と顕治は持参してきた自分のギターを持ち出した。ナディーン夫妻は応接間のソファに座り、喜んで聴きたいという雰囲気を作ってくれた。日本の歌を歌わせてもらった。『わらぶきの屋根』で大きな拍手をいただいた。ギターがここでも自分を元気にして、海外の人とも心を通わせられる大事な役割を果たしてくれた。

顕治は、正直なところ主のいない大きな部屋でほっとくつろげる時間を得られたことがありがたかった。今までたまっていた疲れを取り除き、たまっていたものの洗濯を思う存分できた。

昨晩はバスタブにたっぷりお湯を入れて、久しぶりに日本での風呂上がりの気分になれた。宿主さんがたまたま旅行に行かれ、留守番ということで得られた休息だ。もう旅から10日を経て、コロナ感染を乗り越えてきたが、疲労がたまる頃だった。1週間に1度はこのような休息をとれるようにすることも必要だ。今回の旅の教訓だ。明日ヌーシャテルにチューリッヒ中央駅から電車で向かう。今回の旅はここからスタートという感じになった。

とにかく宿泊地に着いたら、次の地へ行くための交通手段を確保しなければならない。

慣れない駅構内の下見は欠かせない。これがまたおもしろい。チューリッヒ中央駅は巨大だった。スイス最大の鉄道駅であり、ヨーロッパでも有数の規模を誇るとあった。確かに43個もホームがあり、どのホームかを確認しておかないと不安だった。飛行機は使わずできるだけ列車で移動する。これも初めての経験で、戸惑うことが多かった。しかし、それも顕治の旅の楽しみだった。

今頃チピタはどうしているかな。宿主がいないこの家に彼女を呼び寄せようかとちらっと考えたけれど止めた。宿主を欺くことになる。一人宿泊で契約しているのだ。

チューリッヒも観光名所がたくさんある。そしてここを起点にしての観光ルートがあった。

妻のお仲間とのツアーでは成田国際空港から直行便で訪れ、チューリッヒは時差調整のため1泊して、次のツェルマット2泊ヴェンゲン3泊ルツェルン2泊の旅程だった。

観光ルートを効率よく回るには念入りな準備が必要になるが、人に会ったり、近くのスーパーで買い物したり、庶民の生活感漂う場所を求めての旅は気ままでゆったりしている。

宿泊場所は人の家だから、使うところ以外はあまり見ることができないが、宿主がいなくて自由に使ってくださいと言われたことで、この家の間取りから居間、キッチンなどを興味深く見させてもらった。

なかなかこのような機会はないであろう。よく手入れされた観葉植物が適度に空間を彩っている。鉢植えの植物も緑が濃く生き生きしている。居間は木の香りが漂う天然木の床にゆったりとくつろげるソファ、壁にはマンドリン、アコースティックギター、ウクレレとエレキギターが飾られていた。そしてキーボードも調度品のように置いてある。

ふとテーブルを見ると楽譜が置かれていた。『River flows in you』のピアノ楽譜だった。音楽を楽しむご夫婦の生活を垣間見た感じだ。顕治は70歳を機にピアノを始め、『エリーゼのために』を全曲弾けるようになっていた。ご一緒できたら音楽の話で盛り上がっただろう。

違った壁面にはご夫婦の思い出の写真が貼ってあった。雄大なアルプスの山々を背景に、二人だけがそこにいて大きく手を広げていた。幸せなお二人の思い出だろう。

妻と一緒にこのスイスに来たときのこと、楽しかった思い出がよみがえってきた。旅が本当に好きだったのだ。旅仲間と子どものようにはしゃぐ妻を見てうれしかった。

晴れ上がった空とマッターホルンを背景に、セントバーナード犬を挟んで撮った記念写真の妻の笑顔が最高だった。

買い物に行くことが楽しい運動になっている。1キロメートル近くにスーパーCoopがあった。市内をリマト川が、チューリッヒ湖に向けてなみなみとした水量で流れている。流れも速い。

スイスの地図を見ると至る所に湖がある。調べてみると、約1千5百の湖があり（日本の湖は約2百）、チューリッヒ湖は、面積がスイス第2番目の湖で、面積は88・66平方キロメートル、長さは約40キロメートル、最大幅は約3キロメートルで、チューリッヒ市の北端に位置し、市街地を貫流するリマト川が流入しているとあった。

リマト川の向こうにスーパーがあった。河川敷にはウォーキング・ランニング・自転車、そして上半身裸あるいはビキニ姿で日光浴する人。子どもが水浴びをするはしゃぎ声で、大人たちのにこやかな顔を見ることができた。


お店に入ったがスタッフが見当たらない。完全電子決算システムの店だった。バーコードを自分で読み込ませ支払う。この店でありがたいのは、現金も使えることだった。ストックホルム滞在以来、一度も現金を使うチャンスがなかった。それが例外なくカードだけでよければいいのだが、駅のトイレなど2フランのコインを入れないと使えない場所もあり小銭の現金を用意したかった。

ナディーンさんの家でゆっくり心と体を休めることができた。これで万全な体調でチピタに会うことができる。ストックホルムでの顕治ができなかった観光をチピタがやってくれている。チピタはどんな話をしてくれるのか楽しみだった。「一人だけど独りでない」これがうれしい。どんなに遠く離れていても同じ思いを持っている人がいると思えるだけで、エネルギーが湧いてくる。もうチピタは、顕治の心の中にしっかりと入り込んでいた。

明日、チューリッヒから列車でヌーシャテルに向かう。ヌーシャテルには3泊だ。チピタにこの3日の間に会えないかを連絡しなければならない。

ＳＭＳで「チピタお元気ですか。体調はいいかな。僕は宿主のいない家でゆっくり風呂にも入ってたっぷりエネルギーを充電できました。どうですか」と送った。

「顕治さんと別れてからそんなに経っていないのにお久しぶりという感じですね。早くお会いして顕治さんからの宿題を聞かせたいです！」

「それは楽しみですね。それでは2日後ヌーシャテル駅でお会いできますか。チピタの旅程優先ですよ！」

「了解しました。到着次第連絡します」

昨日チューリッヒ中央駅構内の探索をしておいたので安心だが、気を引き締めてラファエルの家へ向かおう。快適な宿を提供してくれたナディーン夫妻に感謝の気持ちを伝えたい。そこで日本の文化、日本らしい模様の入った折り紙で二つの鶴を折り、羽が重なるようにして玄関の棚においた。そして「Thank you!」のメッセージを加えた。その後、ナディーンさんから折り鶴への感謝と、またいらしてくださいとのメールをいただいた。

ナディーンさんが帰ってくるのは明日。鍵をしっかり閉めて約束した場所に置いて家を後にする。もちろん家は元通り以上にきれいにした。チューリッヒ中央駅発12時4分、ヌーシャテル到着13時32分。予約アプリでチケットも手に入れることができた。とにかくネットを使っての電子チケットが普通になっている。ＱＲコードで一瞬にして読み取りチェックされる。世界標準になっているＱＲコードとバーコードとの違いなど気になった。顕治は気になったらすぐ調べるのが習慣化していた。驚いた、ＱＲコードは日本人の発明だった。

予定より早く出た。重いスーツケース、バッグも重い。それにギターもあり、距離的には短くても、その移動はかなり消耗しリスクをともなう。こんなときウーバーが助かる。元気よく運転手に挨拶。日本から来たと英語で言ってもピンと来ない様子。日本はドイツ語でヤーパンなのだ。

チューリッヒ中央駅に到着。12時4分出発で、時間的にゆとりがあるが何か手落ちがあるのではと落ち着かない。コインも用意してきたのでゆとりを持ってトイレに行ったが肩透かし、入り口にカードをかざせば入れるトイレだった。とにかく、こんなところでも電子決済が進んでいる。

ストックホルムでのコロナ感染という最大のピンチを乗り越えてきた。それ以来大きな失敗はなかったが、ここに来て顚治は失敗してしまった。スマホが頼りだけれども、それだけでは心許ないから小さなメモ帳を用意していた。自分が覚えておくため、スマホのバッテリー消耗を少なくするために！　それが、トイレから戻ったら見当たらない。トイレに戻り、作業していた方にお聞きしても見当たらない。自分にとって大事だけれど、他人にとってはゴミのようなものだ。あーあ、と言いながら、気持ちを切り替えて前へ。

4つの荷物を持って車内に乗り込んだ。2等席普通座席だが、広くて大きく座り心地がよい。座席を独占して荷物を身近に置いておくと安心だ。周りを見てもそのようにしている人がいた。憧れていたヨーロッパでの列車の旅が、静かに（日本のように出発の予告もなく）出発した。

チューリッヒ中央駅からヌーシャテル駅に向かう車窓からの景色は、とても美しかった。チューリッヒ中央駅を出発すると、すぐにチューリッヒ湖の美しい景色が目に飛び込んできた。

チューリッヒ湖を過ぎるとスイスの田園風景が広がり、緑豊かな草原や、のどかな田舎町の景色を楽しむことができた。また、時折、スイスの山々や、アルプスの山々の雄大な景色を眺めることができた。その素晴らしい車窓から見える景色に見とれていた。途中駅から人も乗り込んできた。若い男性が、顕治の荷物で一杯の座席の隣に遠慮深く座った。みなさん感じがよい。そして彼はパソコンを取り出し、作業を始めた。そうか、車窓を見ながらのパソコン操作もいいなぁと、顕治もパソコンを取り出し、車窓を見ながら作業を始めた。スマホで列車の位置を確認しながら、次の次の駅と認識していた。多くの人が降りるのを見てヌーシャテル駅に着いたと思い、慌ててホームに降り立った。観光名所だから降りる人がたくさんいる。

宿泊場所への道はだいたい頭に入れていたが、マップがどうもとんでもない動きをしている。スマホが故障？　ＧＰＳマップが正常に作動しない！　宿泊場所は駅から近いとあったのに歩いて6時間かかるというマップの表示だ！　このナビが狂ったとしたら大変なことだ。顕治の一人旅の命綱がスマホの地図アプリだ。落ち着け！　落ち着け！　もう一度今自分はどこにいるか確認した！　ヌーシャテル駅で降りたと思っていたのが、その前の駅で降りていたのだ。自分の思い込み、車窓を見てパソコン！　そして人の動きに惑わされた！　自分にはそんなゆとりはないのに！　自分の愚かさを感じたが、すぐ気を取り直し列車の発着が表示されている電光掲示板を見ると、次の列車がちょうど到着する時間だった。助かった！　しかし車内で車掌さんから詳しく事情を聞かれた。降り間違えてしまったことがなんとか伝わり、「ＯＫ！」とにっこりしてくれた。何かをしながら、別の何かをするのはダメだ！　この先の教訓として顕治はしっかり記憶した！

メモ帳の紛失に続いて、大きな失敗だ。気を引き締めていかねばならない。

ＧＰＳマップの案内で、次の宿泊地ラファエルの家を探す。ＧＰＳマップは最短距離を案内してくれているようだが、見上げるような階段を上る道を案内している。きっと回り道をすれば階段を使わないルートもあるはずだが、そんなゆとりはなかった。とにかく迷わずに目的地に到達したい。スーツケースをまず階段の途中まで運び、次にギターとバッグというように、ゆっくりゆっくり汗を流しながら移動。下りてくる人とすれ違うと、黙って荷物を上まで運んでくれた。ありがたい！ ヌーシャテルの人の優しさがうれしかった。92段の階段を上り、もう一息でラファエルの家だ。案内通り、郵便受けに真っ黒の重い鍵箱と思われるものがあった。こんな方法もあるのか。オーナーからチェックイン1時間前に鍵箱の暗証番号が入室予定者に届き、チェックイン予定時間にその鍵箱が開くようにセットされている。とにかく安全に人に部屋を貸す側の工夫だけれど、旅人にとってありがたくない。ヒヤヒヤドキドキだった。鉄製頑丈な鍵箱を開けるパスワードを何回繰り返しても開かず、こりゃぁ大変だわと次の手へ、ヘルプを求める電話をしたところラファエルと繋がった。そして、玄関から現れたラファエルと思わず顕治は握手した。なんとか無事にチェックインできた。

どこに行っても蛇口をひねると水が出る。これで安心するが、さらにお湯まで出る。この宿泊施設もシャワーでお湯がたっぷり出る。トイレもきれい。そしてホストのラファエルがいい人だ。顔を見ればわかる。ベルギー人、フランス語が標準で、翻訳ツールを使っての交流でフランス語を間近に聞くことも顕治にとって初めてだ。人類（ホモ・サピエンス）に出会う旅らしく、容貌も言語も違う人との初めての出会い。しかし顔を合わせ全身での表現により肝心なことは伝えられていると顕治は感じていた。あとウラジミール（スイス人）、ジャンシズ（フランス人）とラファエル3人との同居になる。ウラジミールがインスタントラーメンを作っていた。明日はこれを食べよう。キッチンを使う要領もわかってきたところ、棚から皿を取り出すときに一緒にコップに触り落下！　ガラスコップが割れてしまった。まず破片を集めて安全な状態に。早速ラファエルが「あなたにケガはないですか」と言ってくれた。もちろん弁償しなくていいと。ありがたい心遣いだ。

ラファエルが朝食のパンを用意してくれた。今日は、ヌーシャテル湖の散策。チピタとの散歩の下見もかね、久しぶりのウォーキングだ。スイスで4番目に大きなヌーシャテル湖も、湖畔はビキニ姿で湖水浴の人や家族で楽しむ人たちでにぎわっていた。そして、遊歩道は老人が手をつないで肩を寄せながら歩いている姿もあった。立派な大きな犬が放し飼いにされているが、全然脅威を感じない。犬たちもしつけられ満足した生活をしているのだろう。日差しも強く、快適なベンチで休み休みのウォーク、久しぶりに歩いた距離は6キロメートルになった。チピタと一緒に散歩する絶好の場所だ。顕治は、チピタと散歩する夢のような情景を想像していた。彼女をより深く知りたい。

そして帰り道、ヌーシャテル駅をじっくり見学することにした。旅行では足早に通り過ぎる場所でもある駅。ヨーロッパの駅は大きく、列車も大きくて日本の駅とはちょっと違った雰囲気を感じる。わけのわからない番号、アルファベットの意味など知りたいと思っていた。チューリッヒ中央駅はあまりに大きく人も多いが、ヌーシャテル駅はホームが7番線あるだけで駅を学習するにはちょうどよい。まず乗り降りする人を観察。旅行者はもちろんだが、地元の利用者たちに対しても、大きな犬を連れている人、大きな自転車など車両ごとに乗る場所が事前に表示されていた。ホームの番号はすぐわかるが、その横にA、B、C……Gの表示が目につく。これはホームのエリアを指定するもの。車両には1等車の1と2等車の2が大きく表示されている。どの車両がエリアに停まるのかを知ることができる。食堂車などもそろっている。

調理台を使って即席ラーメン、卵2つ入れてタンパク補給。日本食が恋しくなってきた。朝食は、昨晩作ったゆで卵とトマトサラダ、牛乳、サンドイッチ。日本から持ってきたごまドレッシングが助かる。「美味しい！」と言って食べるのではなくエネルギー補給しなければという思いで食べている。5月17日に旅立ってから2週間近く経った。できる限り現地の食事を食べることを心がけてきたが、やはり日本の食事を無性に食べたくなった。観光地とはいえ、小さな街で日本食は期待できないと思ったが、あったあった、ICHI RAMENという店を見つけてバスに乗っていってみた。高額で驚いたが、最後の汁まで飲み日本のラーメンではないけれど美味しかった。かなり暑くなってきたが、ぶらぶら散歩しながら宿泊先へ向かった。途中きれいな建物にしばし立ち止まる。

そんなとき、旅仲間の若いマサさんからＬＩＭＥ（気軽に投稿できるプラットフォームでメッセージ、画像、動画のやりとりができるＳＮＳ）が入った。ウィーンの電車で上の荷台に置いた仕事の鞄が盗まれて、その対応に今追われているとのこと。これからの行動の際注意しよう。さらに「パスポートと、財布と鍵さえなくさなければ最悪大丈夫です」のメッセージをくれた。若いけど旅慣れている人からのアドバイスを心しておこう。

午後チピタからSMSがあった。「明日午前10時にヌーシャテルに行きます」

顕治はチピタが必ず来てくれると確信していたが、「ほんとに来てくれるのだ」と改めてなんともいえない喜びを感じていた。

ヌーシャテル駅を出たところにあるカフェは多くの人で賑わっていた。チピタと一緒にどの席に座ろうか、彼女が気持ちよく座れる場所はどこかなど、カフェを眺めていた。

待ちに待ったチピタとの再会の日だ。顕治はウキウキして服装も少しきれいに髪も整えヌーシャテル駅に向かった。

ヌーシャテル駅にチューリッヒ発の列車が到着した。改札のない改札で、顕治は今か今かと待っていた。均整のとれたチピタの姿はすぐわかる。ゆっくりと近づいてきた。「チピタ、わざわざここまで来てくれてありがとう」

「顕治さんのおかげでヌーシャテルに来ることができたわ！　人と会うとか予想もしなかった場所に行くということにワクワクします」

「全く同感ですよ」

顕治は、予定通りチピタをカフェに誘った。とにかくコーヒー一杯でも何時間いてもOKという雰囲気がありがたい。

顕治は開口一番、降りる駅を間違ったことを話した。

「それは大変でしたね。でも一人旅だから起きる失敗です。ツアーでは誰か声をかけてくれますから。その失敗も楽しみの一つですね」

と、チピタは顕治を慰めてくれた。

「顕治さんの宿泊先はこの近くですか」

「そうですよ、でもそこに行くまで凄い数の階段を上らなければならなくてね。途中すれ違った方が荷物を運ぶのを手伝ってくれたんですよ」

「それは逆にうれしいことですね。それだけでこの街の人への印象が変わりますね」

「そうですね、チピタの旅は順調ですか」

「顕治さんからの宿題が励みに、その近くを巡ったり楽しめました」

「それはよかった！」

顕治はチピタに抱いている疑問を聞いてみることにした。

「チピタは語学も得意そうだし、何かいろいろなことを知っているし、これからの進路についてどのように考えているのかな」

「そうですね、いろいろなことに挑戦したいと思って、進路についてもこのような旅が続けられるような職に就けたらと思っています」

「一つだけ聞いていいかな。若いのにこのような旅ができるのは素晴らしいけれど、その費用はどうなっているのかな」

「顕治さん大丈夫ですよ、私の両親がそのような生き方を許してくれているの。そして援助してくれているの」

「そうでしたか、変なことを聞いてごめんね」

「いいえ、きっと誰でも疑問に思うことだと思うから、そのようにはっきりと質問してもらって私も気が楽になります」

「そのように受け止めてもらってありがとう！　思い切り楽しい旅にしましょうね！　それでは本題、スタートかな」

お互いの信頼がさらに深まったことを実感した。

「それでは宿題の一つ目、ウプサラという街はどうだった？」

「大きな街だから顕治さんが関心持てそうな、耳鼻科の先生の学会があった場所ウプサラ大学に行ってきました。この大学の構内を歩いてきました」

「それはおもしろいね。チピタがキャンパス内を散策している様子を実況中継しているようにレポートしてくれる？　ラジオのアナウンサーのように聴いている人にイメージさせる」

「おもしろいけれど、できるかしら。やってみるわ」


「顕治さんこんにちは！　ウプサラ大学のキャンパスに到着しました。歴史的なメインビルの前に立っています。美しいレンガ造りの建物が、私を迎えてくれました。広々としたキャンパス内に足を踏み入れると、学生たちが授業の合間に集まり談笑しています。みなさん明るくて前向きな雰囲気が伝わってきます。奥に進みますと、美しい噴水があり、水しぶきが心地よく涼しく散歩ができます」

「いい感じだね」と顕治が合いの手を入れる。

「ウプサラ大学キャンパス内には歴史的な建物の他にも、現代的な研究施設が点在しています。その先にはウプサラ大学植物園が存在します。植物が美しい配置で栽培され、花が季節によって色とりどりに咲き誇ります。……ウプサラ大学のキャンパスは知識と歴史、美しさが交差する場所で、散歩を楽しむことができる素晴らしい場所でした。以上で実況レポート終了します」

顕治は喜んで拍手し「いいね！　チピタの体を通して響いてくる声でイメージが膨らみ、僕もそこにいるように感じるよ！　実物を見なくても想像で見えてくる、おもしろいね。チピタは何でもできるんだね。一つ質問だけれど、ノーベルはストックホルム出身の化学者だったけれど、ウプサラ大学出身の有名な人とノーベル賞関係者はいないのかな」

「重要な質問ですね。ウプサラ大学関係者（卒業生・教員等）15人がノーベル賞を受賞しています。ウプサラ大学は、１４７７年に設立された北欧最古の大学で、歴史と伝統のある大学であり、世界中から優秀な学生や研究者が集まっています。あっそうそう、リンネ庭園の創設者であり、近代植物学の父と呼ばれているリンネもウプサラ大学ですがノーベル賞は受賞していません」

「Good!」

「宿題二つ目はスウェーデン西の街ヨーテボリでしたね」

「行ってきましたよ。顕治さんはヨーテボリまで列車の旅を計画していたんですよね」

「そうです。スウェーデンの車窓からの景色を楽しみにしていましたよ」

「私が列車で行ってきました」

「えっ、列車で行ってくれたのですか。それはまた楽しみですね」

「それでは実況レポートです。出発後すぐに、ストックホルム市街の美しい景色を見ることができます。運河、城、教会などが見え、スウェーデンの首都の壮大さを実感できます。列車は、スウェーデンの主要都市を通過します。ヨーテボリに近づくと、スウェーデン第2の都市の活気を感じることができます。ストックホルムからヨーテボリまでの列車の旅は、スウェーデンの自然と文化を満喫できる素晴らしい旅です」

「わーっ、まるで車窓からの景色が見えるようだね！　いい調子！」

「顕治さんありがとうございます！　続けますね、ヨーテボリは、スウェーデン南西部に位置する都市で、人口は約56万人で、スウェーデンのビジネス、文化、教育の中心地として機能しています。………」

「三つ目はお墓ですね」

「顕治さん、お墓だから不適切かもしれないけれど、素敵な墓地がありました」

「素敵な墓地ですか？」

「ストックホルムのお墓で世界遺産になっているのは、スコーグスシュルコゴーデン（Skogskyrkogården）です。スコーグスシュルコゴーデンは、ストックホルム郊外にある共同墓地で、１９１５年に開設されました。20世紀以降の建築物としては、世界で初めて世界遺産に登録されました」

「へえーっ、お墓が世界遺産ですか、何故だろう」

「建築的に評価の高い礼拝堂と巧みに設計された森のある敷地が特徴です。スコーグスシュルコゴーデンは、森の中に溶け込むような自然豊かな造りになっていて、森の中に散策路が整備されており、散歩をしながら、故人を偲ぶことができます。また、スコーグスシュルコゴーデンは、シンプルでモダンなデザインになっています。石碑や十字架などの墓石は、シンプルで洗練されたデザインで、宗教的な制約がありません。以上です」


チピタの予想以上の旅のレポートに、顕治は満足すると同時に表現豊かで正確な知識、そして詳しい歴史的な話も原稿もなくよどみなく話すチピタに驚いた。

そして本当に誠実に顕治の知りたいことなど、的を射た内容に感心していた。

顕治の宿泊先の窓からは、キラキラしたヌーシャテル湖の水面が見えていた。ヌーシャテル駅からヌーシャテル湖への道は急な坂道だった。その坂道は、まるで古い絵葉書のような風情があり、スイスの伝統的な建物が並び、道の両側には花々が咲き乱れていた。顕治は、ヌーシャテル駅前のカフェからチピタとヌーシャテル湖に向かって歩き出した。

異国の地で、親しさを感じる女性と肩を並べて歩くことは夢のようだった。しかも顕治よりも50年ほど若い女性だ。前方から高齢者の夫婦だろう、足元もおぼつかない歩き方をして近づいてきた。「幸せだね、夫婦ができるだけ長く一緒に生きることができて、お互いを支え合って生きていく」まさにそんな姿を見たような気がした。「こんにちは」と声をかけるとお二人が笑顔を返してくれた。

「幸せですね、歩く姿で私たちに教えてくれるものを感じます」とチピタが言った。顕治はうなずいた。自分にはもうできないこと。しかし今は顕治を支えてくれるチピタがいるということが顕治の慰めになっていた。

きれいで趣のある建物が続く道を抜けて、いよいよ湖の静かな水面が徐々に視界に入ってきた。遠くには山々が連なり、その緑豊かな風景が湖の静けさをより一層際立たせていた。水面が太陽光線でキラキラ反射するヌーシャテル湖に沿った道へと二人は歩いた。黙っていても、何か通じるものを感じるチピタの存在。一人旅の自由な喜びや楽しさを知っている二人は、その寂しさも知っていた。隣に話せば応えてくれる人がいる！　それだけで心の中は満たされると顕治は感じていた。

顕治は、チピタとの散歩で夢心地になっていた。湖畔には多くのしゃれたベンチがあった。多くの人の憩いの場、そして子どもが水辺で遊ぶ絶好の場所になっている。顕治は、ヌーシャテル湖とその周りに連なる山々の景色と、子どもが賑やかに遊ぶ風景に心惹かれていた。周りにいる大人たちもニコニコしている。まさに平和そのものだ。子どもたちの動きを見ているだけで、チピタとの話も弾むような気がした。チピタも、顕治とおなじく視線を子どもの遊びに向けていた。その中で、ちょっと気になる子どもの動きに目を向けた。泳力に自信があるのだろう。一人の女児が湖畔から離れて泳ぎ始めた。顕治もチピタもその子に視線を追っていた。そのときだ、その子の様子がおかしい！　溺れている。しばらくして水面から姿が見えなくなった。二人の反応は速かった。一番近い湖畔に走った。

顕治は救出する気持ちでいるが、そのすべを知らなかった。チピタは顕治より遥かに速く、そして女児が溺れた地点に向けて急ピッチの泳ぎで接近し、そしてチピタの姿も一瞬見えなくなった。

しばらくして、チピタが女児を腕に抱き湖畔に戻ってきた。女児は心肺停止の状態だった。

顕治は、チピタの尋常でない動きに目を見張り、救助する様を見ているしかなかった。

チピタは正確な圧力とリズムで胸骨圧迫を行い続けた。この騒ぎで、多くの人が集まってきた。生き返ってくれという多くの人の願い、そして祈るかのように手を合わせる母親らしき人。

しばし沈黙が続いた。ある瞬間女児の体が少し震え、そしてかすかに目が開き、呼吸を始めた。多くの人がそれに気がついたと同時に、大きな拍手が巻き起こった。

蘇生に成功した！　遠くから救急車のサイレンが近づいてくる。ずぶ濡れになったチピタに、周りの方からタオルなどが差し出され、濡れた服の水を拭おうとしている人もいた。口々に感謝の言葉が述べられた。救急隊の隊員にもチピタは対応して、女児は病院に搬送されていった。

顕治は呆然としていた。そしてたった今起きたことを頭の中で反すうした。チピタの足の速さ、そして水中に沈んでしまった女児を的確に見つけ出し湖畔に引き上げ、蘇生活動を冷静的確にやって、そして蘇生させたのだ。人間業と思えないチピタの行動に感服していた。

濡れたままだけれどチピタは気にせず、笑顔でみなさんに挨拶して、顕治と肩を並べて先ほどのベンチの方に歩き出した。顕治はなんともいえない思いになっていた。23歳の女性のチピタに、どうしてあのようなことができるのか。チピタに初めて会ったときのちょっと違った雰囲気、ビルギットのスウェーデン語を理解し、救急隊員ともフランス語で応対している。チピタはどんな人なのか。チピタへの疑問が膨れ上がってきていた。

寒くはない天気だが、チピタは濡れた服も気にしていないようだ。散歩を始めたときの静かさが戻っていた。

「チピタ！　お疲れ様、ほんとによかった。小さい命が救われたね。僕までお礼を言われ、チピタを誇りに思ったよ」

「顕治さんありがとう。私もすごくうれしいわ」

「チピタ、一つだけ質問していいかな」

「どうぞ」とチピタと顕治はしっかりと目を合わせた。

「きれいな人だ」と顕治は改めて思った。

「チピタが女児を救出するまでの行動の素早さ的確さ、これはそれなりに訓練しないとできないと思ったのね。僕も含めてあのような場面では多くの人はパニクってしまう。走る速さも僕もランナーとして結構速いほうだったけれど、チピタの速さは尋常ではなかった。それに溺れた女児が水中に没しているのにそれを探して引き上げてきた。どうも僕の長い人生からも理解できないのね」

チピタは少し考えているようだった。

チピタは真剣な表情で、意を決したように顕治に語りかけた。

「顕治さん、先ほど私はカフェで嘘をついてしまいました。私が親に支えられて旅をしていると言いました。実は私には親がいないの」

「何！　それどういうことなの」

「実は、私はアンドロイド（生成ＡＩ搭載の人型ロボット）なの。いずれ顕治さんにはお話ししなければと思っていたの」

「えっ！」顕治は絶句した。ちょっと待ってチピタ！　チピタがアンドロイド！ヒト型ロボット！　顕治は愕然とした。今まで少しずつ理解を深め合ってきた信頼できる人、チピタがロボットなのか？

「私は、高度に発達した生成ＡＩ搭載のアンドロイドなの。運動能力、多くのセンサーで水の中でもものを探す能力、そしてプログラム化された蘇生術で、人間より正確に動作ができるの」

日本をはじめ世界中で、毎年多くの水難事故が報告されている。美しく、多くの人々に楽しまれているヌーシャテル湖も例外ではなく、過去には子どもが溺れるという悲劇が起きていた。湖は水深が深く、水温も低いため、溺死の危険が常に潜んでいる。

命を救うためには、蘇生術がいかに迅速に行われるかが重要だ。４分から６分が、生死を分けるタイムリミットとされている。早期の発見と迅速な蘇生処置があれば、助かる命が増える。平和で穏やかな風景は、一瞬にして不幸な現実へと変わることもあるのだ。

顕治にとってチピタの言葉は予想外のものだった。

顕治は、チピタの顔をまじまじと見た。まったくアンドロイド（人型ロボット）とは思えない顔立ちだ。

チピタは「そんなにまじまじと見ないで、恥ずかしいわ」と笑った。

世界でロボットの開発が進み、自立した二足歩行ロボットの驚くような動きに目を見張ったことを思い出した。顕治はロボットに大変興味があった。自宅には掃除をしてくれるロボット、声をかければ話をしてくれるロボット。掃除が終わると、自然とロボットに声をかけていた。「ロボちゃん掃除ありがとう」。我々人間がやるよりも丁寧にゴミを集めてくれる。こんなにもゴミがあったのかと感動したものだった。しかしチピタは人の形をしている。ロボットの開発がどこまで進むのか興味があった。外見は見分けがつかないくらいの容姿を持ったロボットが、いずれは登場するのだろうということは非現実的ではなかった。しかしまさかチピタが。

「それならチピタ、何故あなたは僕と一緒にいるのですか」

と、顕治は真剣に聞いた。

「顕治さん！　よく聞いてくれたわ。いずれ私はあなたに話そうと思っていたのよ」

顕治は、どういうことだろう？と思った。僕と一緒にいることが、チピタにとって目的があるのか。チピタは心を込めた口調で言った。

「今、アンドロイドの開発は生成ＡＩを搭載して、運動能力とともに人間と同じように考え行動するアンドロイドを生み出せるまでに進化しているの。私の体はそのように作られているの。走ったり、バク宙をしたり、いろんな作業をしたりと人間の仕事を助けることのできるロボットが次々と開発されているの。私は実用に向けた試運転中で、特に人との交流がスムーズにできるようにするため、予想もできない出来事への対応に、人との協力、人との会話による交流、人の心を理解する、より人間らしいロボットを目指している開発チームが造った特別なアンドロイドなの」

「それでは、たまたま僕がその交流相手というわけですか」

「申し訳ないけれどもそういうことです。ここまでのことを含めてこれからもご一緒してほしい」

顕治は複雑な気持ちになっていた。せっかく夢のような人と出会い、これからの旅に期待を膨らませていたのに！　チピタは顕治に魅力を感じたわけではないのだ。そんなわけないと思いながらも、ひょっとしたらの思いでいた自分が恥ずかしかった。気を取り直し顕治はチピタに言った。

「チピタ！　僕はやっぱりチピタと今まで通り一人の人間として交流したい。あなたは僕が苦しいときそばにいて助けてくれた。たった今人間の小さな命を救ってくれた。僕よりずっといろいろなことを知っている。あなたのできないことを僕は助けたい！」

チピタはうなずきながら聞いていた。

「顕治さん！　ありがとう！　私がアンドロイドとして人間とより深く交流し、より役に立てるように開発チームが考えてくれると思う。そのために、顕治さんとの交流は有効だと思うの。開発チームが私を見守りながら、顕治さんとの交流の継続を認めているの」

顕治は心の整理ができなかった。長い沈黙が続いた。


顕治は考えた。「そうかぁ、僕はチピタを頼りにより深く学習し、チピタは僕との交流でアンドロイドとして成長できれば、話は大きくなるけれども人類のためになるということか！」やっと気持ちを切り替えて自分を納得させようとした。するとと、再びチピタとの旅に胸を膨らませることができるようになった。

チピタはさらに「顕治さんお願いがあるの。私のユーザーになってほしいの」と言った。

「ユーザー?」顕治は怪訝な顔をした。チピタは続けた。

「ユーザーになってもらうことで、より顕治さんとの交流を通して開発チームがより有効なデータを得られるというの。個人情報を登録させてもらいますが、決して顕治さんの不利益にはならないようにします。もちろん、開発への協力者ですから費用はかかりません」

顕治は躊躇しなかった。これまでの短い期間だが、チピタとの交流でコロナでは助けられ、そして小さな命をも救ってくれた。夢のような時間を過ごすことができたチピタからのお願いだ。

「チピタ、少し立ち入って聞きたいのね。開発チームというのはどこにあるの」

「ごめんなさい。基本的なお話が抜けてたわ。開発チームの本部はアメリカ・マサチューセッツ州にある企業でBoston GAIというの。そこが中心になり、私のような能力を持ったアンドロイドが作られて、人類の英知の結晶ということで世界中の企業、国が協力しての一大プロジェクトなの」

「チピタのおかげでそのプロジェクトに協力することができるというわけか。チピタは日本人の女性として見えるけれど他のアンドロイドもあるのかな」

「もちろん、今回の実験でもさまざまな国の人の容貌をしたアンドロイドが作られているの」

「チピタは日本人の容貌、だけれど、ＡＩ搭載というから多言語を話し理解する能力を持っているということ？」

「もちろんです！　それは得意分野です。日本人の容貌をしたアンドロイドが他国の人とどんな交流ができるかも、開発チームは注目しているみたいなの」

「へぇー、人類が得た知識を全部蓄積された人工知能を持っているのかぁ、夢みたいだ。チピタのこれから先の旅程はどうなっているかな」

「特に決まっていないの。最後はマサチューセッツ州の会社に戻るけれど、ユーザーとの交流をとことん進めることが使命なの、だから顕治さんの旅程にも対応して動くことができるの」


今電化製品などを購入すると必ずユーザー登録をするように促される。それと同じ手続きなのか。しかし顕治は、チピタをまだ商品のような機械として認識できなかった。いやチピタは自分と同じ人間だと思い込みたかった。

「どうすればユーザーになれるの」と顕治が尋ねると、チピタはうれしそうに言った。

「私と5分間右手で握手するだけでいいの。物理的な接触の瞬間に、顕治さんの基本情報を開発チームが受信することができるようになっているの」

「それはうれしいね、チピタと握手か！　心が繋がる感じだね。何かチピタと契りを交わす儀式みたいだね」チピタも顕治の笑顔を見て微笑んだ。

顕治はチピタの顔を正面から見てチピタが差し出す手を握った。なんと人間らしいふくよかな手触り。チピタには少しでも体が触れないように気をつけてきた。今チピタの手を握っている。優しいチピタと見つめ合った。これで顕治はチピタと一体になったように感じた。チピタのためになることを考え、この旅がもっとおもしろいものになるようにしていこうと心に決めた。

心地よい5分はあっという間に終わった。


「そうかぁ、早速チピタ！　こんな旅をしたかったという旅を実現させたい。できないことはできないと言ってね。次の訪問地はジュネーブなのね。僕は先に行くからあなたはもう少しヌーシャテルにとどまって、ヌーシャテルにある科学博物館、美術館そして動物園を見学してきてほしい。そしてジュネーブの国連本部の前にあるモンブラン広場にあるモニュメントBroken Chairの前に2日後の午後3時に会う。こんなことできるかな」

「顕治さん！　お安い御用です。私には一般に使われているより正確なＧＰＳが装備されています。顕治さんの要求は即開発チームに伝えられ、その実現のための環境が整えられるようになっています」

「そうですか！　ということはあなたは通信機能も備わっているはずですね」

「もちろんです」

「ＳＭＳで連絡し合っていたけれど、ＬＩＭＥでの交流は可能ですか」

「もちろん可能です」と言うとチピタは手首の目立たないところを服から出して顕治のスマホに近づけた。あっという間にチピタとＬＩＭＥで繋がった。

ＳＭＳ、Facenote、メール、Ｙ、スタグラムそしてＬＩＭＥ。顕治はどれも使いこなしていた。ＳＭＳは電話番号の交換のできた友人とより交流を深めたいときに利用しそこからＬＩＭＥ繋がりへ、海外の友人とはFacenoteで繋がりやすくそのメッセージで交流ができる。しかしＬＩＭＥの使いやすさ、レスポンスの速さと画像、動画の送りやすさ、さらに電話機能、ビデオ機能も使えるので家族や親しい友人とはもっぱらＬＩＭＥでの交流をしていた。最近生まれた孫の写真、動画を楽しみにしていた。海外からでも同じようにストレスなく使えた。

「それはうれしいね、僕は難題を言うかもしれないけれどもよろしくね」

顕治はチピタに抱いていた疑問がすべて解消し、そして今までと同じように一緒に旅ができることで、今までにない経験ができるのではと期待に胸が膨らむ思いがした。顕治はもっともっといろいろなことを学習したい。チピタは人類の得た知識を一人の人間が記憶できない膨大なデータとして持っている。チピタは、顕治との交流でアンドロイドとしての成長（バージョンアップという言葉は使いたくなかった）を目指していく。お互いが交流を深めれば深めるほど、お互いのため、そして人類のためになるという関係になるのだ。顕治は、チピタとの普通ではあり得ない旅に大きく胸を膨らませた。

明日はジュネーブへ移動だ。滞在先のルドビカさんからの案内も届いた。

午後10時過ぎ、宿主のラファエルが「顕治さん、お話ししたい」と交流を求めてきた。フランス語、英語、そして日本語を使って翻訳ツールを駆使しながらの楽しい時間を過ごせた。自著『62歳、旅に出る！』を紹介すると目を輝かせて見てくれた。それを翻訳ツールで読もうとしていた。母親がベルギーで父親がギリシア出身と話してくれた。30歳代だから自分の子どもの年齢と同じくらい。親のようにもっと身の上話も聞いてもよかったかもしれない。優しい顔をした青年だ。日本にも行きたいと言ったので、是非是非！　東京を案内すると返すと喜んでくれた。最後に日本文化の紹介として折り紙を折って、数枚の折り紙をプレゼントできた。ありがとう！　ラファエル！

5月31日。顕治は7時38分に起床。昨晩は熟睡できた。ヌーシャテルは顕治にとって忘れられない地になった。チピタとの出会いから始まった今までにない旅のワクワク感と、なんとも不思議な夢心地が、チピタの告白により夢でない新たな旅の始まりと考えることができるようになった。なんともいえないやる気に満ちていた。気分上々で、ラファエルの家をチェックアウトした。さぁ！　スイス第2の都市、ジュネーブに列車で向かう。

4 ジュネーブ

顕治のメモには、ヌーシャテル発10時34分、ジュネーブ11時56分着（29日予約アプリでチケット予約）とあった。住所通りに進んでも、その場所がなかなか見当たらないことがある。この近くに次のルドビカの家があるはずだが、ここまでの移動でくたくたになってしまった。とりあえず休みたい。約束のチェックイン午後3時までまだ時間があった。近くにレストランがあり店外のテーブルは多くのお客で賑わっていた。昼時だけど、もうアルコールが入っている客もいる。とにかくテーブルを見ると、ビールとちょっとした食べ物だけでお話に夢中といった感じだ。顕治は店内でピザを頼んだ。美味しいピザだが、半分食べて腹一杯。迷うことなくテイクアウトと言って、容器を用意してもらった。

ルドビカの家はこの近くに間違いないが、その家を探さなければならない。

顕治は再度住所を確認した。Rue des Bains 39, Geneve 1205、スイスとあるが、39という数字が建物の番号だろうと探すが、41という数字があるのに見当たらない。マップはここだといっている。困った！　ふと隣で飲食している女性のグループから日本語が聞こえてきた。6人の女性たちが話している。楽しそうにメモをとりながら、何やら相談しているらしい。途中割り込むように「すいません日本人の方ですか。ご旅行ですか」とお聞きしたらこの近辺に住んでいるという。在住日本人ということだ。事情を話し、住所を見せたらたちどころにその場所がわかった。わざわざ荷物まで持っていただき、まさに39の数字がある建物の前に立ち、玄関を入るコードを入力してドアを開けてくれた。本当に助かった。しばらく玄関に入ったところで重い荷物を下ろし、待機することにした。道を挟んで建物に番号がついていてこちら側は奇数、反対側は偶数になっているという。なるほど。

ルドビカからSMSショートメッセージが入った。まだ3時前だけれど近くにいるならチェックインOKということだった。エレベーターが見当たらない。3階まで重い荷物を2回に分けて運び、玄関前に立つことができた。呼び鈴を鳴らしてオーナーさんとの対面、ワクワクの瞬間だ。男性とばかり思っていたら老練な女性だった。きれいな部屋に招かれた。明るく鳥の鳴き声が響いている。キッチンもきれいで使えそう、バスルームはバスタブありでほっとした。トイレもきれい。あともう一人若い女性がゲストだという。「私はたばこを吸うから、煙が広がらないようにここは締め切っているからね」

ルドビカとの交流が始まった。矢継ぎ早に質問してくれる。「夕食は一緒に食べよう」「私の作るポテト料理」などは理解できた。一緒に泊まっている女性のゲストも一緒だという。さぁどんなことになるか。

早速食料の買い出しへ行かねばならない。そして本日午後3時に、チピタと国連ジュネーブ事務局のモンブラン広場で会うことになっている。あのヌーシャテル湖での告白以来のチピタとの再会だ。楽しみだ！　チピタの秘密を知っても、チピタは一人の魅力的な女性として顕治の心に定着していた。若いときとは違ったときめきと、ウキウキしている自分を感じていた。

顕治は、チピタと約束した国際連合ジュネーブ事務局の正面のモニュメントBroken Chairの前に向かった。相変わらず、スマートな出で立ちと少しカラフルな服装のチピタと再会できた。あのヌーシャテルの散策でとんでもないハプニングが起こり、図らずもチピタの告白を聞くことになった。あれ以来、顕治はチピタがアンドロイド（生成ＡＩ搭載ヒト型ロボット）であることを知ったが、チピタへの思いは変わらなかった。むしろ二人で成長し合う関係としてチピタをより深く理解したいと思うようになっていた。再会を喜び、顕治は近くのスイスでは最大のレマン湖へチピタを誘った。レマン湖はスイスとフランスにまたがる三日月型の湖で、中央ヨーロッパにおいては、ハンガリーのバラトン湖に次いで2番目に大きいという。

顕治とチピタは、ヌーシャテル湖での散策の思い出、告白の思い出も自然と話せるようになっていた。ヌーシャテル湖でチピタと散策したときのワクワク感とは違うが、よりチピタとの交流ができることへの喜びが顕治の気持ちを高ぶらせた。

巨大なBroken Chairから出発した。まず目の前に国連ジュネーブ事務局の建物が見えてきた。その右手には、噴水や花壇が整備された広場が広がっている。広場を抜けると、モンブラン通りという大きな通りに出た。モンブラン通りは、ジュネーブの中心街を南北に走る大通りで、多くのショップやレストランが立ち並んでいた。

モンブラン通りをしばらく歩くと、右手にアリアナ公園という公園が見えてきた。アリアナ公園は、レマン湖に面した広大な公園で、遊歩道やベンチが整備されている。公園内を散策しながら、レマン湖の美しい景色を楽しむことができた。

そしてレマン湖沿いのカフェで、顕治は早速チピタに聞いた、「ヌーシャテル湖でお別れしてからチピタの旅はどうでしたか」

「おもしろかったわ！　顕治さんからの宿題を真っ先に取り組みました」「それはうれしいですね」「まず科学博物館についてです。ヌーシャテル科学博物館は、スイスのヌーシャテルにある科学博物館です。１８２０年に設立され、スイスで最も古い科学博物館の一つです。博物館は、自然史、科学技術、医学の３つの分野に分かれ、さまざまな展示が行われています」

「１８２０年、日本は江戸時代の終盤ですね。医学の展示もあるのですか」

「そうですあります、自然史部門では、地球の歴史や動物、植物、鉱物など、さまざまな自然に関する展示が行われています。科学技術部門では、……」

チピタはよどみなく科学博物館の特徴を詳しく話してくれた。

「チピタありがとう。多くの知識を持っているあなたが、直接その施設を訪問して新たな発見がありましたか」

「顕治さん、私は無限のメモリーを持っているので、ネットだけでなく直接見聞したものの知識もメモリーすることができます。顕治さんの宿題のおかげで、情報をより豊かにすることができました」

「それはうれしいなぁ」

「例えば、10台の双眼実体顕微鏡がセットされていた部屋で顕微鏡が置かれている大きな机の上を昆虫が這い回る映像が投影されていたり、ネズミが都会のゴミ捨て場で活動している展示が印象的でした」

「これからもいろんなところに行って情報を集めましょうね。ただ僕はチピタのような無限のメモリーがないから、僕がわかる範囲で教えてね」

「了解しました！」

レマン湖のほとりもヌーシャテル湖と同じように、ゆっくりと散歩する老夫婦、犬を連れた若者、子ども連れのピクニックなど、素晴らしい憩いの場を楽しんでいる人を多く見ることができた。

「チピタ、あのような老夫婦が散歩する風景を見てあなたは何を感じるの」

「顕治さん、いいなぁと思います」

「それは僕（人間）と同じ感情を持っているということですね。そこまでアンド

4
ジュネーブ

ロイドの研究は進んでいるんですね。チピタと共有できる部分が広がるのがうれしいね」

アンドロイド、チピタとの交流はヌーシャテル湖畔での交流とは違い、人間とアンドロイドを認識した交流で顕治にとっては、チピタに聞きたいことが次々と湧き起こってきた。

「顕治さん、今の宿泊先は快適ですか」

「オーナーが高齢だけど素敵な女性でね、同宿しているメキシコの女性も優しくて助かっています。チピタにも会ってもらいたい人だけれど、複数の人との交流は可能ですか」

「それは楽しそうですね。もしお相手がよろしければ、私も初体験でお会いできたらと思います」

「もちろんチピタがアンドロイドなどの説明はしないつもり。相手が緊張するかもしれないから自然体で行きたいのね」

「それでいいと思います」

レマン湖をゆっくり散歩して、再び国連事務局前の広場Broken Chairの前に戻り、再会を約束して顕治はチピタと別れた。

ルドビカの家も集合住宅の一つ。まずは共通した玄関の入り口の大きなドアにコードを入力すると開けることができる。エレベーターはないから階段を上がろうとしたら、思わぬところから人が現れた。これがエレベーターだったのか！一人乗りのエレベーターがちゃんとついていた。

マリアが帰ってから夕食ということになった。マリアはメキシコ人で、祖父が日本の広島県出身、3回日本を訪問したという。顕治に親しみの込もった接し方をしてくれた。最近フランス人と結婚したこと、フランス語、スペイン語、英語を話し、ルドビカと親しいらしく仕事のために1ヶ月滞在することなどを話してくれた。

ルドビカはイタリア・シチリア島出身で、きっといろんな人生を越えてこられた雰囲気を感じる。若い頃は美人だっただろう。ひょんなことから、日本の有名な作家村上春樹の名前が出た。すかさず「私も作家ですよ」とあの『62歳、旅に出る！』を見せたら驚いて興味を示してくれた。難しい日本語のページをゆっくり開きながら見てくれた。今後は、この書籍の紹介を英語できちんと説明できるようにしようと顕治は思った。

6時前起床、ジュネーブの朝。起きられなかったら予定変更くらいのつもりでいたが、熟睡できて自然と起きることができた。ちょっと空気はヒヤッとするが、歩いているうちに汗ばんでくる。

トイレにも慣れてきた。お金を出して使うことが当たり前。大きな駅ではカードを使えるが、コインを用意しなければならないトイレもあるから、そのコインを得るために買い物で現金を使うことになる。とにかくカフェに入ればトイレがあると思いきや、なんとそこにもお金を出さないと入れないゲートが用意されていた。

このような海外のトイレ事情を考えると、海外から日本を訪れた人たちは日本のトイレ事情に感動、安心するのではないか。きれいなトイレがどこにでもある。座ると温かくお尻まで洗ってくれる。それが無料なのだ。お金がなくても誰でもトイレが使える。日本のトイレの話だけで驚かれる。

今日はパリの国立自然史博物館に行く。列車で3時間余りの国境越え、顕治にとって初めての挑戦だ。近くにあるバス停から駅に向かった。バスのチケットを手に入れる手順も慣れてきた。チケット提示を求められたことは一度もない。買わなくても乗れてしまうが、そんな不正をする人はいないという前提の社会を感じる。ジュネーブ駅は仕事に向かう人たちの流れができていた。

9時49分、高速列車からホームページ更新の発信ができるか試してみた。ブルカンブレス駅からだ。できた!! 今や当たり前のことかもしれないが、この経験は大きい。どんなところからも発信できるのだ。

リヨン駅に11時42分到着予定、あと1時間30分で到着する。到着したらすぐにリヨン駅を見聞して、帰りの準備をする。ジュネーブの日の入りが21時20分だから、午後7時過ぎでも明るいことになる。そのつもりで帰りの列車を選ばなければならない。

リヨン駅は大きかった! 「フランス・パリに6つある主要ターミナル駅の一つ。中心部の南東寄り、12区のセーヌ川右岸に位置している」とある。まずしっかりジュネーブに帰ることができるように、どこで乗ればよいのかを確認しておかねばならない。これも観光の一つと考えると興味深い。電光掲示板に時刻表が掲示される。そこにホール1・ホール2の表示がある。まずここから調べてみよう。

帰りはリヨン発16時16分。その列車にはホール1の表示が出た。そしてホール

1のGホームから出るということがわかったところで安心した。やり方はさまざまだけれども、ホモ・サピエンスの考えることは同じなのだ。

午後8時過ぎに帰宅した。ジュネーブ、パリ間を往復（7時間）、かなりハードだったけれども、ジュネーブ駅から歩く元気はあった。日没は午後9時20分だから明るい。カフェ、バーの屋外で、所狭しと大きな体を寄せ合って盛んに会話する声が響き渡っている。多くの人が室内より屋外を好んでいるようだ。これが日本と違う点の一つかもしれない。

帰宅するとルドビカとマリアが待っていてくれた。パリまで行くというので心配してくれていた。マリアは「何かあったら私に連絡して」と自分の電話番号を登録してくれた。本当に無事に帰れてよかった！　パリの国立自然史博物館に行ったことなどを話したら興味を持って聞いてくれた。ジュネーブにもあるから行ったらいい、日曜日は無料だという。喜びと感動を分かち合える人がいるだけで心が満たされる。顕治は優しい二人との出会いをありがたいと思った。

顕治はふと考えた。この人たちならチピタを紹介して交流できるかもしれない。

チピタも複数のヒトとの交流は初めてだけれど、経験したいと言っていた。チピタはすべての言語に通じているし、顕治がルドビカに話したいことも通訳してくれるはずだ。高齢な日本の男性、高齢なスイス女性、若いメキシコ人女性そしてアンドロイド・チピタ　おもしろい交流になるかもしれない。


ルドビカに顕治はお願いした。「実はあなたに紹介したい旅仲間がいます。会ってもらえますか。もちろん宿泊しません」

「顕治の友達かい、興味があるね。つれていらっしゃい」

早速顕治はＬＩＭＥでチピタにルドビカの住所を知らせた。彼女は顕治と別れてからジュネーブにとどまり、ジュネーブの国連関係の施設の見学をしていた。ＬＩＭＥで写真・動画なども送ってくれていた。写真も鮮明、動画もきれいで顕治の旅を豊かにしてくれている。チピタと午後４時にルドビカの住む建物の前で待ち合わせることにした。


定刻通りチピタが建物の前に現れた。

「ありがとう！　ＬＩＭＥでの情報おもしろいね。一緒に旅している気分ですね。

チピタは新たな人に出会うこと緊張していますか」と顕治が尋ねると「顕治さんからのＬＩＭＥもおもしろいわ！　初めての人に会うことは大丈夫です。たとえ大統領と会おうが、私には緊張という感覚はありませんよ」とチピタは微笑んだ。

「そうですか！　心強いですね」


ルドビカの家の玄関前に立った。呼び鈴を鳴らすと、ルドビカが返事とともに玄関を開け、居間にチピタと顕治を招き入れた。マリアもようこそと明るい表情で迎えてくれた。しかし二人の驚きは隠せなかった。やはり二人にとって顕治の友達というから想像していた人とあまりに違っていたのだろう。もうこの後はフランス語、イタリア語を交えた女性たちのすさまじいおしゃべりが始まった。顕治はただただニコニコして飛び交う会話を聞いているだけだった。しばらくして話が途絶えたと思ったら、突然チピタが首をうなだれ何も話さなくなった。

「チピタさんどうしたの」目をつぶり動かないチピタを見て、ルドビカもマリアも驚いた。

「大丈夫チピタさん！」二人は大きな声でチピタに声をかけた。チピタの反応はなかった。「顕治、救急車を呼ぼうか」とルドビカは慌てて言った。

顕治はチピタのユーザーになったとき、開発チームからチピタの取り扱いについてのメールを受け取っていた。それには詳細な注意書きがあった。一通り読んでいたけれども「ユーザー」という言葉に違和感を感じていた。チピタを使うという認識はない。

同じ旅仲間として対等に助け合う人間同士のような存在であり、親近感を持っていた。チピタをロボットとは思いたくなかった。

そのとき鮮明に思い出されたのが、チピタとの会話の場面だった。

「顕治さん、私から大切なお願いをしなければならないの」

「どうしたの、そんな真剣な顔をして」

「私はアンドロイドだから、特定の状況下でトラブルを起こす可能性があるの。もし私が急に反応しなくなったら、こちらの手順に従って対応してほしい」

チピタは小さなデバイスやマニュアルを顕治に手渡した。

「ほんとにそんなことがあるの？」

「予測できないこともあるから、心の準備として覚えておいてほしい」

「ルドビカ、マリアちょっと待ってね」と顕治は、チピタの後ろの首の髪で隠れた場所に手をやり髪を上げてみた。目立たないような小さなポートがあった。それにスマホを接続すると画面にはチピタのシステム情報が表示されていた。どうもシステム異常とバッテリー不足が重なったようだ。バッテリーの充電とともに、開発チームのアプリから指示されたソフトをチピタにダウンロードしてセッティングをした。ルドビカとマリアは何が起きているのかと、目を丸くして顕治の動きを注視していた。

「30分待ちましょう！」

顕治はその間に、顕治とチピタの出会いについてとこれまでの経過などを詳しく説明した。顕治が若い女性と一緒ということを知った二人は興味津々だった。ファミリーでなければどんな関係だろう。この疑問を一気に解決してくれるハプニングが起きたのだ。

ルドビカ、そしてマリアにチピタを紹介したとき、驚きとともにルドビカが「あなたもなかなかやるね」とばかりにいたずらっぽい目で顕治を見た瞬間を、顕治は見逃さなかった。

顕治の話を聞いて、二人は納得したと理解を示し、協力を約束してくれた。

しばらくして、チピタは一瞬体を震わせるようにして顔を上げ、周りの状況を確かめるようにしてから「顕治さんありがとう、みなさんご心配をかけました」と周りを見渡した。

「顕治から聞きました。あなたのこと。安心してね、私たちも協力するからね」

チピタとルドビカ、マリアは再び思い切りフランス語でしゃべり始めた。

顕治は「チピタ、時々でいいから日本語で話の内容教えて」と言うと3人は大笑いしていた。よかった！　チピタにとっても初めて複数の人との交流だろう。きっと思い切りエネルギーを使ったのだろう。顕治は3人の話の区切りがいいところで、隣の自室に用意していたギターを持って再び3人の前に現れた。

「みんな話が盛り上がっているところで、日本の歌を聴いてください」と切り出した。

ルドビカもマリアも大喜びだった。きっと日本人が日本語の歌を歌うのを直接聴くのは初めてではないかと思った。顕治はルドビカ、マリアの目を見ながら静かに『ふるさと』を歌った。音楽の力か、二人は食い入るように聴いてくれている。夢のような交流が続いた。チピタも二人とはちょっと違った反応だったが、静かに顕治の歌を聴いてくれた。

〈4〉

ジュネーブ

チピタとルドビカの家を出た。二人が気持ちよく送ってくれた。

顕治は、明日ジュネーブからウィーンへ移動することをチピタに言った。

「顕治さん、ギターを持って旅をしているのね。素敵だわ」

「チピタのようにすべての言語を話せるヒトがうらやましいけど、一人の人間が人生で習得できる多言語は限られているのね。だからチピタは、私たち人間から見れば天才的な存在になる。僕なんか英語でさえ赤ちゃん英語だけど、多くのホモ・サピエンスの仲間と交流したい！　そこで世界共通語の音楽を考えたのね」

「素晴らしいわ！　顕治さん、今度の宿題はどんなこと。楽しみだわ」

「ありがたいね！　チピタの仕事も忘れないでね。あなたの仕事はできるだけ多くのユーザーを作ることでしょう」

「なかなか難しいの。私は日本人だから話しかけにくいみたいなの」

「イーヤ、若くて美人のチピタはきっと近寄りがたいのではないかな。そんな受け身でなくどんどん自分から話しかけたら」

「そうね、ちょっと積極的にやってみるわ」

とチピタは答えたが、顕治は内心「チピタのユーザーは僕だけでいい」と他の人とチピタがいることを想像したくなかった。

「次の宿題は、ジュネーブを自由に歩き回っておもしろいことがあったら知らせてくれる？」

「了解しました！　顕治さんが興味持ちそうなところに行ってみます」

「それは楽しみだね。次はウィーンに移動します」

旅程ではジュネーブからウィーンまで列車移動の予定だったけれど、11時間以上、最低乗り換え1回など考慮すると、重い荷物を持っての移動はリスクをともない厳しいと思った。安全無事を優先し、直行便で1時間40分の空路に切り替えた。

「顕治さん！　お見送りに行きましょうか」

「ありがとう、いいですよ、空港が大好きでね。じっくり下見をしたりジュネーブ空港で楽しみたいのね」

「了解しました。もし何かあったら連絡してください。私の超能力で解決できます」

「それは頼もしいね。でもできるだけ自力で頑張ってみるよ。

それでは次はウィーン国立歌劇場前6月20日午後1時に待ち合わせでどうですか」

「ワーッ、ウィーン国立歌劇場ですか。素敵だわ！」

チピタのハプニングで、顕治はアンドロイド・チピタをしっかり認識できた。

4

ジュネーブ

そしてチピタが困ったときに助けることができたということで、チピタとの絆がより強くなったように感じた。とにかく複数の人とも交流ができて、ルドビカ、マリアともあんなに楽しそうにしていたチピタを見て安心した。

自分の旅をより楽しくしてくれているチピタの存在を感じていた。

さぁ次はウィーン。そしてそこでチピタとの再会。それだけで顕治はワクワクした。

この旅の中でフランス語が身近になった。ヌーシャテルのラファエルがフランス語だった。顕治の世代は『太陽がいっぱい』アラン・ドロン主演の映画でのフランス語の耳に優しい響きが印象深かった。フランス人がみんなアラン・ドロンのように見えて、日本から遠い別世界の話だった。いま目の前でフランス語を話し、生活をする人と出会い、Bonjour（ボンジュール、こんにちは、おはよう）から始まり、覚えてみようかなという思いになっている。ルドビカに発音をチェックしてもらう。そのかわり日本語も聞いてもらう。

チピタと別れてジュネーブ市内を歩き回った。そしてウィーンへ行くため、下見を兼ねてジュネーブ空港（ジュネーブ・コアントラン国際空港）を見学した。ジュネーブ空港は「ジュネーブ近郊のフランス国境に位置しており、敷地はスイスとフランスの国境をまたがって両国に広がる」とあった。フランス国旗が掲げられているエリアはそういう意味だった。

第1ターミナルには、チェックインしなくてもゆっくりとくつろげるフードコートがあった。カフェでカプチーノを注文して、多くの人の話し声を聞きながらウィーンへ行く段取り、この後の見学ルートなど確認した。

スーツケースがパンパンでベルトがないと不安、気がついたとき買っておこうと店に入る。この空港のお店もフランス語。「スーツケースのベルトをください」をあらかじめ翻訳ツールで出しておき、それを聞きながら店員に向け話してみた。店員は笑いながら通じない！というジェスチャーだ。そして翻訳ツールを見せると「わかった」という合図。そこで発音をしてもらった。抑揚と単語をきる場所が違うから通じないらしい。こんな感じで買い物も楽しめる。それにしても、店員の女性を間近に見ることになったが化粧が素晴らしく念入りにされていた。眉毛などしっかりと黒々と描いていた。

顕治は、ジュネーブ空港内見学後にジュネーブ自然史博物館を訪問しようかと思ったけれども、ちょっと疲れてしまった。昨日のジュネーブ—パリ間の日帰り旅行の疲れが残っている。とにかく滞在先の近くの公園でもいいから、ゆっくり緑に浸ることにした。一人旅の自由、自分の気分で予定変更できる！　時間を自分のために使える！

静かな緑の空間があった。立派な門もあり入っていいものか迷ったが、自由に出入りしている人を見て入ることにした。大きな樹木と芝生ではないけれど、草の絨毯が広がっている。

静かにベンチで座っている人もいる。顕治も足を広げて座り周りを見渡していた。ここはどこだろう！　きっと何か由緒ある場所だ！　早速ＧＰＳマップで調べたらジュネーブで有名な墓地だった。この落ち着いた雰囲気は墓地だからか。プランパレ墓地とあった。

オーストラリアでの旅で近くを散策しているとき、緑の深さを求めてどんどん進むと広々としたところに出た。墓地だった。全体に一礼してから近くの墓標を読んでみた。一人一人の人生が刻まれていた。自分とは関係ない異国の人なのにご苦労様でしたと声をかけたくなったのを覚えている。

時間の許す限り一人一人のお墓を見舞った。ネットの情報では世界的に有名な人も眠っているという。フランス語で書かれた墓標だが翻訳アプリで日本語に変換して見ることができるから大変興味深いものとなった。そしてこんな墓標に心を動かされた。「最愛の妻、彼女は娘、息子、親族の母親として……。１８１１年６月28日、天は彼女を54歳で引き取りました」宗教に根ざした表現だが、54歳は顕治の妻が亡くなった年齢だった。しばし手を合わせ黙禱した。

ここに埋葬されている人物で最も有名な人は、おそらく宗教改革の父、ジャン・カルヴァン（１５０９〜１５６４）だろうと先のリンクの記事にあった。思わず立ち寄った場所が、死者との貴重な出会いの場となった。

この旅を人類（ホモ・サピエンス）と出会う旅と名付けたが、本当に同じヒトなのかと思うくらいに体格や骨格が違う。直接お話しできた人々も多様だったけれど、例えばバスや電車などですぐ横に並んだ人たち（混んでいるときは自然と顔を近づけてお互いの顔を見ることになる）も、多種多様であった。男も女も何故あんなにボリュームがあるのか。アフリカから拡散した人類の体が東に行けばいくほど小さくなる。今や欧米に劣らない体格の日本人も多数いるが、人類の進化との関係があるのか興味深かった。しかし皆ホモ・サピエンスという人類の仲間と考えると安心する。

ジュネーブ最終日となった。本日は電車でジュネーブ空港駅へ。

コルナヴァン駅に徒歩で向かっていた。橋の上にさしかかり右方向を見ると、遠くに何か白いものが見える。停まってよく見ると、あれぇ噴水かな。こんなに遠いのにあれだけ大きく見えるとは有名な場所に違いないと、早速チピタにLIMEしてみた。「チピタ、今ジュネーブ市内を歩いていたら遠目に不思議なものを見つけたのね。どうも噴水みたいなんだけれど、遠方なのにあれだけ高く見えるから何かあったのかな」即時にチピタからの反応があった。

「顕治さん、それはジュネーブの観光スポットです。早速そこに行ってみますね」

チピタとの交流でありがたいのは、即時に反応してくれることと、指定された場所、時間に正確に来てくれることだ。この信頼感は大きい。顕治もスマホのヘビーユーザーを自認している。一人海外旅行ができるのもスマホがあるからだ。頻繁にチェックをしているが、それが自分の生活を不自由にしていると感じることがある。いやはや、もう戻れないけれども、スマホもない、LIMEもない、インターネットもない時代が懐かしく感じることもあった。

そしてまもなくチピタからのLIMEがあった。

「顕治さん、素晴らしい噴水、写真・動画を送ります。ジュネーブの大噴水といって、市の最も有名なランドマークの一つで世界で最も大きい噴水の一つです」

ＬＩＭＥで繋がっていればこんなこともできる。チピタがどのようにＬＩＭＥを使っているかはわからないが、とにかくチピタの通信デバイスは普通でない機能を持ったものを装備しているはずだ。そういう点も安心だった。連絡すればすぐ対応してくれる存在は本当に心強い。

5 ウィーン

ジュネーブ空港発7時10分、空港には3時間前に到着しておかないとゆとりがない。ちょっと無理なので、顕治は2時間前到着の時程で行くことにした。ジュネーブ空港をしっかり下見したので、迷うことなく動くことができる自信があった。ルドビカ、マリアと最後の夜を楽しく過ごすことができた。ルドビカ、マリアが「顕治、日本の歌を歌って」とリクエストしてくれた。顕治にとっては最高に幸せの時間でもあった。日本の歌『ふるさと』『わらぶきの屋根』『生きて生きて生きて』を心を込めて歌った。これら日本の歌が世界に通じる歌だと認識できたことが大きい。ルドビカの聴き入っている顔を見ながら、言葉では表せない交流ができたと感じた。その後、折り紙で鶴を折りプレゼントできた。ルドビカも翻訳ツールを使いこなしていた。これで物質、原子、物理学といった言葉を交えた会話もできた。サイエンスに興味があり、自分で勉強しているということだった。

何故あなたは旅行しているの、旅行以外に何を楽しみにしているの、と矢継ぎ早に質問してくれた。

ルドビカ、マリアがチピタとの交流が楽しかったこと、これから凄い時代になるんだね、チピタのようなアンドロイドが身近になるときが来るのかね、と語り合っていた。

「顕治とのこの経験は大きかった。私たちもチピタからいい刺激を受けたわ。きれいだった！　年をとらない！　うらやましいわ！　チピタによろしくね」

5 ウィーン

午前3時30分起床、外はまだ暗い。二人はまだ眠っていた。バスでの移動も考えたが、ここはリスクを避けてウーバーを頼む。ただそれがちゃんとここに来てくれるかハラハラしながら待っていた。車もまだほとんど通らないジュネーブの住宅街、ヘッドライトが見えたときほっとした。一つハードルクリアだ。

午前3時、早過ぎるかと思ったがそんなことはなかった。ジュネーブ空港は多くの人が押し寄せていた。チェックインカウンターも受け付けていたが、ちょっと怖そうな係官がフランス語で何やら言っているがわからない。ギターは機内に持ち込んでよいということだった。このときも翻訳ツールで理解し、最後ににっこりと搭乗券を渡してくれた。荷物検査も長蛇の列だが流れている。検査官の女性が、日本人だというと盛んに日本語の単語を連発、友好的だった。

ウィーン空港に無事着陸。無事が当たり前のような飛行機だが、何回乗ってもこの巨体が空を飛ぶことが、理屈はわかるが驚きだ。荷物がなかなか出てこない。流れる荷物を一つ一つ見ると、こんなデカいスーツケースもあるのかといったものも目につく。顕治のスーツケースは30日間の旅にしては小さい。

今までの経験を生かして、荷物は重いけれど空港から電車、バスを使ってレネさんの家に向かおうと決めた。しかし空港からウィーン中央駅に向かう電車には乗れたけれど、降りるところを間違えてしまった。昼前のチェックイン予定ができなくなる。もうこれはウーバーを使うしかない。運転手が日本人だというと「日本が大好きで来年家族で日本に行く」と巧みに運転しながらお話ししてくれた。そして8という数字のある建物の前で止まってくれた。

レネさんが迎えてくれた。まだ小さな子どもがいる若いお父さんだ。どんな部屋か楽しみだけれど、そこに行くまで4回も鍵を開けなければならない。この鍵が日本の場合とちょっと要領が違う。ルドビカの家の鍵を開けるときも、何回もルドビカに教えてもらった。大げさかもしれないが生活の中に文化の違いを感じる。まぁとにかく慣れればいいことだ。

日本では大雨が降っているらしく、我が家、取手での豪雨被害が伝えられてきた。近くのスーパーに出かけたらウィーンの大雨で靴下まで濡れてしまった。

さぁ、明日から次のクロアチアへ向かう段取りを考えながら見学しよう！


レネさん家では、宿泊者は完全独立している。トイレ、シャワー、冷蔵庫などが共用でないので気を遣わなくていいぶん楽だけど、交流は難しい。昨日初めてシャワーを使った。最初はお湯が出てきたが、後は冷たい水、何度試みても温かくならない。震えるような寒さはなかったがこれは困った！　早速連絡したらすぐに対応してくれた。まだ小さなお嬢さんを連れての対応だった。優しいお顔をしたお方で安心した。

2回目のウィーンだ。昨年6月20日にウィーン入りしている。昨年行ったところにもう一度行ってみたい。

今日は久しぶりになるか、チピタとの約束のウィーン国立歌劇場前で午後1時に待ち合わせだ。顕治は2回目なので地の利があった。歌劇を鑑賞したときの歌劇場内に素敵なカフェがあることを知っていた。チピタとはここでゆっくりして、モーツァルト広場を通ってウィーン自然史博物館へ行くことを考えていた。

定刻にチピタが地下鉄入り口から姿を現した。多国籍の観光客で賑わっている。モーツァルト風の格好をした人たちがイベントのチケットを売っている。昨年はこの人たちから教えてもらった小さな劇場でのコンサートに参加した。

「やぁーチピタ！　会いたかったよ」と顕治も大分くだけた言葉でチピタに声をかけられるようになった。

「顕治さん！　私もですよ。私も顕治さんと歩く場所もすべて初めてだからウキウキしています。私は、情報は大量にメモリーしているけれど実際に見るのは初めて。どんどん新しい情報として取り入れられています」

「そうかぁ！　ますますチピタは賢くなるんだね。チピタの方はどうだった。あの噴水の写真も、やはり実際に行かないと撮れないいい写真ですね」

「私も少し忙しくなってきました」

「ということは、新たなユーザーが登録されたの」

「そうです、でも顕治さん心配しないでね。顕治さん最優先で動けますから」

もうチピタは顕治の心を読んでいるように思えた。

素敵な劇場内のカフェで一息入れて、ウィーン自然史博物館に向けて顕治とチピタは歩いた。途中に銅像、モーツァルト広場、そしてそこから女性たちのコーラスが響いていた。「いいですね！　音楽の都・ウィーンですね」

「顕治さん、科学博物館は広大ですので、展示物を絞って観察した方がいいと思います」

チピタはただ顕治が言ったことに応えるだけでなく、提案をしてくれた。

「そうだね、ありがとう。それではこの博物館に日本産の展示物があればそれを見てみたいですね」

「そうですかぁ、それでは探してみます」と歩きながらチピタは情報を検索しているようだ。

「ありました。日本産のタカアシガニがあります。タカアシガニは、その大きなハサミと長い足が特徴の甲殻類です。ウィーン自然史博物館の展示では、タカアシガニの全身をじっくりと観察することができます」

「えっ！　それはおもしろいね」日本の国立科学博物館にも展示されていて、いつもそこには来館者が集まっていた。

博物館にはしゃれたレストランがあり、とにかく建物に趣があり、展示物を引き立てていた。ただ、出てきた料理はえらく長いソーセージとパンだけだった。

「チピタ！　今日はありがとう、日本の国立科学博物館よりずっと大きなタカアシガニだった。これを見ることができただけで満足しましたよ。次はいよいよ最後の訪問国、クロアチアに行きます。バスでの移動でちょっと不安だけれど楽しみです」

「顕治さん大丈夫です。私がついているから。何かあったら連絡してください」

「うれしいお言葉ですね。チピタも忙しくなるね。この後はどうするの」

「ウィーンのこの近辺は見所がたくさんありますから、適当にぶらぶらしてきます」

「また何かおもしろいことがあったら教えてね」

「了解しました！」

「そうだチピタ、6月10日の午後1時にクロアチア国立劇場のバレエダンサーとお会いすることになっています。あなたもご一緒できませんか」

「顕治さんも凄いですね！　積極的にいろんな方とお会いするのですね。もちろんご一緒させてください。ただ、その日の6時過ぎに予定が入っていますので途中で失礼することになるかと思います」

「了解しました。無理しないでね」

「今度はジュネーブでの失敗を繰り返さないようにしっかり準備しますね」

「大丈夫ですよ！　僕がついているから」

「ありがとう」

チピタと別れて顕治は、クロアチアへの移動の準備のためウィーン国際バスターミナルの下見に行った。


一日中ウィーンは曇り。今は雷が鳴り、雨が降っている。今日の天気のように気持ちは明るくない。旅にはトラブルはつきものだが、身体的なトラブルが一番キツく、場合によっては旅を断念しなければならないことになる。今回は旅の早々に身体的トラブルに見舞われたが、なんとか乗り越えられた。今日はドアが開かない！　トラブル。自分が好んでやっている旅、ホテルでなく普通の家に宿泊する旅だから起きたトラブルと言っていい。さすがに参ったぁ！　4つの鍵を開けて部屋にたどり着く、その鍵が微妙な動かし方で開く。不安で何回か練習したが今日は2番目のドアが開かない。押したらダメなら引いてみようといった感じであらゆることをやってみても開かない。どうしようと苛ついた。トイレに行きたくなってきて、これはまずい、と近くの開いているピザのお店に入り、トイレを借りてピザも注文するつもりでいたが、もうすぐ閉店という。しかし優しい従業員はトイレを貸してくれた。

レネさんに連絡しても家の中にはいないようだ。もう諦めてそこに座り込み、待つことにした。結果として、レネさんがいつの間にか家の中から出てきて開けてくれた。疲れた！　どうなってんのと怒りを表情で表したが、こんなときの言葉が出てこない。日本語で怒りをぶちまければよかった。そんなこんなで2時間以上座り込みを続けたのだ！　その間スマホでできる作業はできたので、無駄ではなかったと自分を慰めた。子どもの声が聞こえ、レネさんは子どもを見ながらこのゲストにも対応しているのだと冷静に考えた。これだけこの人たちの生活の深いところまで入っての宿泊を自分は好んでやってきたのだから、それぞれの流儀に従うしかない。たかが鍵とはいえ、よそから来た者にとって難しいこともあるのだろうと理解した。

今日もかなり精力的に動いた。新しい学びがあった。スロバキアのブラチスラバ（Bratislava）にバスで行ったのだ。「スロバキアの首都で、オーストリアとハンガリーの国境の近くに位置し、ドナウ川に面しています。ブドウ園と小カルパティア山脈に囲まれ、森林にはハイキングやサイクリングトレイルが縦横に巡らされています。歩行者専用になっている18世紀の旧市街は、活気のあるバーやカフェで有名です」とネットにあった。

ヨーロッパ旅行では常識みたいに使われているという移動手段に、格安長距離バスFlixbusがあった。ルートがヨーロッパ全土を縦横に通っていて、安いだけでなく、それを使うと時間を有効に使える。ただ、安全面やどんな雰囲気の乗客なのかなどの不安があった。それを確かめるために、まずはバスターミナルへ行った。子ども連れ、年配の女性もいて運転手もテキパキと乗客と会話を交わしながら作業している。顕治は少し安心して、予約はしてないが乗車できるかを運転手に確認すると、ＯＫだという。そのバスの行き先は1時間30分以内のスロバキアだった。予想もしない、スロバキアの首都ブラチスラバへのバス旅となった。緑で目立つがっちりした車体と、何よりもきれいなトイレが備わっていた。

見える景色が違う。無数の風車が並ぶ光景と車窓からの景色を十分楽しめる。トイレもきれいで水もしっかり流れる。これは利用できる！　運賃も驚くほど安い。この初体験は今後の旅の幅を広げそうだ。

ブラチスラバに降りると雰囲気がまた違う、そこはスロバキアのバスステーションだった。すぐに帰るためには、ここからの地元のバスを使わなければならない。ちょっと不安になるが、これもタイミングよく帰りのルートで列車の駅に接続するバスがあった！

ブラチスラバ―ヴィノフラディ駅からブラチスラバ中央駅、そこで乗り継いでウィーン中央駅行きの切符を買った。ホームに入っていた列車に乗り込んでほっとしたところ、検札官がきてチケットの提出を求められた。ＯＫと戻してくれるかと思いきや、何やら厳しい顔で話しかけてくる。どうもチケットが違うらしい。英語でないため全く言葉が通じない。違反切符を切られたようだ。こんなとき、詳しく事情を説明できないもどかしさを感じた。改札もないヨーロッパの鉄道での抜き打ちの検札では、不正が見つかったときの罰金が高いと聞いていた。

不正でなく間違って購入してしまったにもかかわらず一律罰金とは、言葉でそれを説明できないもどかしさを感じた。罰金の支払いという重たい荷物をもらった感じで不愉快だった。しょうがないなぁ。スイスの交通システムを理解しなければならないことを身をもって学んだ失敗だった。

これくらいのトラブルでよかったと、自分を励まし前へ進んだ。こんなとき、話せる相手がいてくれるのはありがたい

早速チピタにLIMEした。「鍵が開かない、トイレに行きたい！　チピタ、散々な目に遭ったよ。日本で鍵を開けるのに苦労したことないのに、ヨーロッパと日本の鍵の文化が違うのですかね」

「顕治さん、それは大変でしたね。トイレを貸してくれた店員さんの親切心はうれしいですね。ヨーロッパの鍵はやはり日本の鍵の作りとは違い、手間取るのは顕治さんだけでないみたいですよ。ヨーロッパの鍵は、日本のものよりも精巧に作られていることが多いため、慣れないと開けにくいと感じるのはよくあることです。特に、ウィーンはオーストリアの首都であり、国際都市でもあるため、セキュリティを重視した鍵が使われている傾向にあります」

「いやぁーチピタ、僕だけでなくよくあることだと聞いただけで安心しました。こんな生活の基本的なところで文化の違いがあるんですね。ありがとう！　チピタ、もう一つ。ブラチスラバ駅で買った切符が違っていて違反切符を切られたのね。悪意がないのになんとかならないのですかね」

「顕治さん、それは散々な目に合いましたね。ウィーンの交通システムは、切符

の種類や有効期限が複雑で、初心者にはわかりにくいという声があります。そのため、切符を間違えて買ってしまうことは、よくあることです」

「そうでしたか。これから気をつけるようにするしかないですね。ありがとう！」

チピタの蓄積されたデータを元にした助言なのだろう。顕治は本当にありがたいと思った。


土砂降りの雨が降っている。今日もどんよりとした朝だ。

天気は気持ちに影響する。太陽が出てきてほしいな！　今日も新たに頑張ろう！　昨日はこの旅の後半戦の大きなハードルだったのかな。疲れ果てたが、しっかりと食べて元気回復。今まで恐れていた「忘れ物」をしていないと思っていたが、色が黒色のウエストポーチが見当たらない。途中から大事なものをバッグにしまったので、重要なものは失っていないけれどもやもやしていた。しかし朝の明るさで隠れていたウエストポーチが部屋の隅にあった。ああよかった！　気持ちよくスタートできる。パスポート、スマホ、カード。この三つは命綱。これを改めて認識しておこう！

鍵恐怖症にならないために、出るときに何度も練習した。でもチピタがよくあることだと言ってくれたので、気持ちが楽になった。こんな基本的なことにつまずくのも高齢だからかとかいらぬことを考えてしまう。最初のドアが右、次が左、そして右、そして最後が左。しかもほんのわずか動かして押す、引く！　練習の甲斐あって無事入室できた。やはり自分のやり方が日本での自己流だったと考えるしかない。レネさんも、何故こんな簡単なことできないのかと思ったことだろう。

また雷と凄い雨、でも気持ちは爽やかだ。今日も学びがあった！　クロアチア行きを確実にするため、今日もウィーン国際バスターミナルを見学に行った。昨日は見えなかったが、多くの人が待機する施設もあり待機するバスのゲートも多くあった。運転手が一人一人の電子チケットをスマホで確認、荷物を車体の横に収納して乗客は車内へ。小さな子どもを連れた人もいた。目の前で別れを惜しむ女性二人が、しっかりと抱き合っていた。娘と母なのか、若い娘さんが振り向いたとき目に涙をためていた。ここは長距離バスの発着場所なのだ。国を超えて旅立つ場所である光景が随所で見られた。安いから心配という不安は消えた。ターミナルにはトイレもあったが有料、でも両替機があって5ユーロ札でコインにして利用できた。いずれカードでも使えるようになるだろう。チケットの予約も昨日完了していた。この旅での移動で一番心配したところだった。列車移動だけしか頭になかったが、8時間近くもかかりしかも乗り継ぎ乗り継ぎ、重い荷物を持ってのこの移動が不安だった。それがFlixbusで解決した。滞在先から次の滞在先まで地下鉄を使い、バスターミナルまで行けば5時間と少しのバス旅行で目的地に到着するのだ。トイレもあり、トイレの近くに座席も確保できた。移動の不安が新たな楽しみになった。これで帰国への移動の道筋がつけられたことになる。

うれしいことがあった。昨年ウィーンに滞在したときに利用した台湾人の日本料理店。もちろん台湾風日本料理だが美味しかったことと、若い男性の店員が実に気持ちのよい対応をしてくれて印象深かった。その店に行ってみようと地下鉄を乗り継いで行ってみた。髪型が独特の青年ですぐにわかったが、彼も覚えてていてくれていて握手。うれしいことだった。カレー風チャーシューといったらいいのか、美味しかったけど半分しか食べられない。テイクアウトをお願いすると、感じよく器を用意してくれた。日本的サービスをこのお店は学んでいるなと勝手に想像した。多くのお客さんがいる。ふと横の男性を見ると寿司2貫と飲み物を大事そうに食べていた。昨日もウィーン駅のラーメン店に長蛇の列。日本の料理は好まれている！　残念なことにまだ一度も日本人経営の店がない。どこかにあるのだろうが。

　久しぶりに晴れて鍵も開けられるようになった。シャワーのクセもわかった。地下鉄の駅が近くに二つあり、大変便利な位置にいることも知った。地下鉄の乗り方、スイスの交通システムもわかった。

　ウィーン最後の日となった。体調も良好、今日は歩いて13分のところにあるシェーンブルン宮殿を訪問することにした。早朝からＬＩＭＥが入った。家族からではなくチピタからだ。「顕治さん、まだウィーンにいますね！　私は今日ウィーン動物園に行く予定です。顕治さんは動物園も好きそうなのでお誘いしようかと、ご一緒できますか」

「おーチピタ！　あなたのお誘いは最優先僕の予定をキャンセルしてでも行きますよ。実は今日シェーンブルン宮殿を訪問することにしています。ウィーン動物園はシェーンブルン宮殿の敷地内に位置し、正式名称は『シェーンブルン動物園』ですよね」

「そうです、うれしいわ！　それでは私は早めに入園しておきますから、顕治さんの都合で動物園にいらしてください。入園されたらＬＩＭＥしてください」

「初めてのチピタからのお誘いだ。こんなこともチピタはできる！」

ウィーンを訪れたらシェーンブルン宮殿に足を運ぶのが鉄板とされている。観光スポットと称されるところはツアー客を満足させる大きな役割を果たしている。混雑を避けて、観光客が集中する前に訪問できた。確かに豪華絢爛な館にキラキラした調度品、立派な衣装の貴族たちの生活の様子が再現されていた。18世紀でも富を得た権力者は贅沢三昧の生活をしていた。そして、それを支えた多くの民の生活はどうだったのかと思いを巡らせた。現代の私たちの生活と引き合わせて、富裕層、貧民層という言葉が日常的に使われている日本の現実と照らし合わせてみた。今も昔も変わらないのか。

一つだけ印象に残った展示物があった。贅沢三昧の生活をしていた人のトイレだ。木製できれいにできているが、粗末なものだった。時代は流れ、現代の庶民は豪華なトイレを持っている。見学を終え外に出ると、観光客が押し寄せていた。観光客を尻目にランニングしているランナーとしばしばすれ違った。ここで走ってもいいのか！　僕もランナーですよと声をかけたかった。

シェーンブルン宮殿を後にして、すぐ隣にあるチピタの待つシェーンブルン動物園に向かった。

「おーチピタ！　また会えたね！　動物園も大好きだからチピタと一緒に動物園で過ごせるなんて最高です。宮殿の敷地内の動物園なんですね。初めてだから楽しみです」

「うれしいです。もちろん私も初めてだから、私の持っているデータを確かめることができます」

「そういうことか。チピタ、シェーンブルン動物園の特徴は何があるの」

「アフリカツノゾウの赤ちゃん、シロサイの赤ちゃんの繁殖に成功、そしてヨーロッパで唯一コアラ、ジャイアントパンダが飼育されている動物園なの」

チピタの案内で動物園を回りながら、檻の中にいる動物たちにご挨拶した。チピタが持っている豊富な情報で、一方的でなく会話しながらの説明はおもしろく飽きなかった。

チピタがつぶやいた。「ホモ・サピエンスの檻はないですね！」

「チピタ！　おもしろいことを言うね、ホモ・サピエンスは動物園の敷地の塀に閉じ込められているのでは」

「それっておもしろい発想だわ、檻の動物たちも多様なホモ・サピエンスを見学していることになりますね」

「なにせ動物園の動物は、人類によって捕獲され、動物園に連れてこられた。しかし、その起源は、すべて地球上の自然ですよね。動物園で飼育されている動物は、すべて人類が地球に現れるずっと前から、地球上に存在していたんだ。私たちの大先輩に当たるんだよね」

次の再会はクロアチア。6月10日の午後1時にクロアチア国立劇場前であることをチピタに確認して別れた。

6 クロアチア・ザグレブ

明日は移動の日だ。顕治はその準備のために早めに帰宅し、午前4時30分にレネさん宅を出た。次の宿泊先はゴルドナ（Gordona）さん家だ。

レネさん宅発5時30分、ウィーン国際バスターミナル（Vienna International Busterminal）到着6時30分、バス出発7時30分、クロアチア・ザグレブ着12時50分。顕治は、大事な時程はできるだけ覚えるかスマホのノートに記録していた。

今回の旅のハードルでもあり楽しみでもあるのが、どのように安全に移動するかということ。重い荷物を背負っての移動を考えると、慣れない長距離電車の乗り継ぎは不安だった。ウィーンの地下鉄はU1、U2、U3、U4、U5がなくて、U6。色ですぐわかるようになっており、顕治はメモ帳に駅名を書いて覚えるようにしていた。

地下鉄を利用して　スムーズにバスターミナルに到着した。事前にネットでチケット購入、スマホに保存されたＱＲコードを運転手がチェックして乗車できるが、顕治のところに来て厳しい顔になった。ギターは持ち込めないというのだ。それは困ると顕治は必死に運転手に訴えた。そうしたら少しの手数料で持ち込みＯＫということになり、ほっとした。

５時間と長時間のバス移動は快適だった。とにかくすぐ横にトイレの座席をとったから安心だ。こんな狭いところにトイレがあるのといった感じで、顕治のように体の小さい者にとっては使いやすかったけれど、大きな体の人は大変だろう。ただ２カ所の休憩でもトイレを利用できた。

いよいよクロアチア・ザグレブに着いた。まずは大きなハードルをクリアできたと顕治は思った。運転手さんにありがとうのご挨拶をしたその後、あれ！　体を近づけてくる女性二人、おかしいなと思ったら顕治のウエストポーチに手を伸ばしてきた！　とっさにその手を払い、盗んだだろうというジェスチャーで顕治が詰めよると、手のひらを広げてとっていないと返してきた。危ない危ない、一部の人の悪行がその国の印象まで傷つけてしまう。ウエストポーチの中身は大丈夫だった。皆が一斉にバスを降り、バスから荷物を出すのに入り乱れるのを利用した、客を装っての犯行だった。その中で顕治が一番スキがあったのだろう。旅の終盤、気を引き締めろということを教えてくれたと理解した。
かなり暑くなってきた。確実に次の滞在先にたどり着きたい。何故かタクシーも利用せずに、歩いて15分ほどということで、大きな荷物を引きずり周りに気を配りながら探した。久しぶりに汗びっしょりになり、なかなか見つからなかったが、通行人の老夫婦、男性に尋ねると親切に教えてくれた。よかった！　今度は2つの鍵で入室できる。
もうすでに、インド人夫婦と若いイギリス人が入室していた。7階の素晴らしい見晴らしの滞在先だ。調理道具も整い、彼らは何かを作っていた。インド人夫婦は旅行のため、イギリス人は勉強のための滞在という。

天気は晴れ、7階から見渡すと、もうすでに電車、バス、そして通勤に通う人たちの活発な動きが顕治の目に入ってきた。気持ちのよいザグレブの朝。今日はユキさんとのミーティングだ。

昨日は久しぶりにビールを飲んだ。顕治は強くはないがお酒が好きだった。それもビールだけで満足していた。コロナに感染してから体調回復しても飲みたいと思わなかったが、小さなスーパーにビールが置いてあって、今日は飲もうと思った。赤い缶にカルロバチコと印字、３５０ｃｃ・５％の表示があった。早速調べると、クロアチアやスロベニアで最も人気のあるビールの一つだという。ここまで来れたこと、これから頑張ろうという思いで顕治は一人「乾杯！」の声を発した。

ミーティングは午後からだが、午前中から顕治は動き始めた。クロアチア国立劇場、ザグレブ音楽アカデミー、そして長い坂の上にあったクロアチア自然史博物館を訪問したが、残念ながら博物館は大規模工事中だった。

チピタにＬＩＭＥをする。

「チピタ！　確認です。本日午後3時クロアチア国立劇場前待ち合わせでいいですか」

「現役のバレエダンサーとのミーティングですね。私は途中で失礼しますが楽しみにしています」

「チピタがアンドロイドだと紹介してもいいですか」

「お相手が不愉快だったり、偏見の目で私を見るようになると自然な会話ができないので、私と別れてからお話しいただいた方がよいかと思います」とチピタは言った。
そうだ、チピタはまだ開発中の世界には未発表の「アンドロイド」なのだ。
顕治はもう一人の友人としての認識になっていた。

午後3時、クロアチア国立劇場入り口で「初めまして」から始まった。チピタも時間通りに来てくれた。海外在住日本人のユキさんと予定通り会うことができた。立ち姿でバレエをやっている人だとすぐにわかった。海外一人旅をしているとき、この在住日本人の存在はありがたかった。旅人と在住日本人を繋げてくれるこのシステムもよく考えたものだ。日本語で現地の情報を得られることは、顕治のような一人旅には大変ありがたい存在だった。どんな言語が話せるか、現地でできること、そして得意なことなど事前に知ることができる。
ユキさんは20歳代、クロアチア国立劇場の現役バレエダンサーというだけで目立つプロフィールだった。旅の最初のスウェーデンでも、サナさんから貴重な現地情報が得られた。顕治は旅の最後の訪問地パジンへのルートも決めていたが、やはり不安があった。このようなことも含め、ユキさんにいくつか聞きたいことをまとめてお会いすることにしていた。

ユキさんもチピタを見て一瞬驚いた顔をされたが、すぐに打ち解けることができた。

チピタもにこやかにユキさんとお話ししている。

「彼女は一人旅をしていて、海外で活躍している若い日本人女性に大変興味を持っているのですよ」と顕治は紹介した。

クロアチア国立劇場についてユキさんが一通り説明して、本日の公演に向けて準備中の舞台裏などを案内してくれた。準備中のスタッフの人から声をかけられたり、ユキさんから声をかけたり、ユキさんがスタッフと楽しくお仕事をされていると顕治は感じた。


案内しながら、ユキさんはダンサーとしての思いや、どの座席が一番見やすいかなど説明してくれた。「お客さんは毎日入りますか」の顕治の質問には、ほとんど満席で観光客もいるけれど日常的にバレエを楽しむ人たちが多いということだった。このような舞台芸術を見る機会が多く、チケットが安いということが庶民の楽しみになっているようだ。写真も撮ってよし、一緒に記念写真も撮れた。

近くのカフェでゆっくり三人でお話しした。チピタもいつもにこやかな表情で周りを和ませてくれた。ユキさんに、顕治さんはバレエに興味があるのですかと質問された。

「二人の娘がいまして、長女がバレエ教室に通っていたので、バレエの先生とお話ししたり、発表会を見に行ったりしていたのですよ。発表会がおもしろかったですね。年齢順の発表でよくバレエダンサーがいとも簡単にする回転やその他の運動がいかに大変なのかを知ることができました。不思議ですよ。娘は30過ぎてもバレエ教室に通って楽しんでいるのです。バレエって魅力的なんですね。ダンサーになれなくても」

若くして親元を離れ、海外で独り立ちしているユキさんの話は波乱に満ちていた。若くしてこのザグレブでバレエダンサーとして生きているユキさんに、年齢は違うけれどその前向きな生き方に顕治は共感した。チピタも、こんな生き方をする女性に大変興味を示した。

チピタが「顕治さんこの辺で私は失礼します」と席を立った。

「どうもありがとう。それではまたＬＩＭＥしますね」

顕治はユキさんに向かい、

「チピタさんは、この後の予定があるようです」と説明した。

ユキさんも「楽しい時間をありがとう。またどこかでお会いするかもしれませんね」と返してくれた。

現地の人だから食の情報も期待していたが、素敵な日本食の店を紹介してくれた。そして、一緒に食事しながらのミーティングとなった。質問する要件をまとめていたが、とにかく話題が豊富で、次から次へと会話が飛び交い、顕治は久しぶりの日本語を話せる喜びも手伝って話が弾んだ。若くして海外で、しかも芸術の仕事で生活している！　自然とその話になった。さまざまに葛藤しながらも乗り越えてきたからだろう。若いのにしっかりしている！　舞台に出演しての充実感など、これからのことなども語ってくれた。自然と自分が出版した本『62歳、旅に出る！』も紹介すると、「すぐに買って読みます」と言ってくれた。バレエダンサーとしての心がけている食事、どんな筋トレをやっているのか、ランニングについてなど、４時間以上にわたるミーティングとなった。そして顕治が用意していた質問がほとんど解決していた。最後に、次の訪問地パジンへのバス利用について顕治が聞くと、その場でその受付サイトを教えてくれて、その作業まで手伝ってくれた。顕治はバス、トラムのチケットの購入もできるようになった。ユキさんは顕治を大きなバスステーションまで案内し、そこで顕治はお別れした。それぞれ人の生き方がある。このヨーロッパの旅で生活の至る所で日本と違う！を顕治は感じてきた。あと何日かして日本に帰ることができる！　それが励みになっている。しかし若くしてこの異国でのさまざまに違う世界に飛び込んで、自分のやりたいバレエのダンサーとして生活しているユキさんに感心するとともに、日本の若者として頑張ってと応援したくなる。そうそうフランス人の彼氏のお話もしてくれた。

そして、最後にユキさんが言った。

「顕治さん、チピタさん、きれいな方ですね。失礼ですがどんな関係なのですか。大変気になりました」と笑いながら質問してくれた。

「そうですよね。みなさん不思議ですよね」

と顕治は、チピタとの出会いからの一通りのお話をした。

「そうだったんですか。素晴らしいお話ですね」

6
クロアチア・ザグレブ

チェックアウトの瞬間は緊張する。自動ロックだから、あっ！忘れたといって戻れない。何回もチェックしてゴルダナ（Gordana）さん家を後にした。

６００メートル先にバスステーションがある。ゆとりを持って出たのでスーツケースもゆっくりゆっくり転がすことができた。しかし、パジン行きバスに乗れるか少し不安があった。ウィーンで乗車しようとしたとき、ギターの持ち込みを断られたことが気になっていた。拒否されたら英語でしっかり交渉するための準備をした。「日本から来た」「私はミュージシャンでこれは私の仕事道具だ!」ちょっと嘘が入っているけど、このくらいはいいだろうとバスの待合室で声を出して練習した。いよいよ乗車、また怖い顔した運転手が他の乗客に何かまくし立てている。全くわからない。ギターでなくスーツケースのことを言っているみたいだ。周りの人がコインを渡しているのを見たが少しお金を出せばいいのかなと、コインがないのでとにかく5フランの紙幣を渡すとおつりをくれた。不当な要求ではないらしい。ありがとうと頭を下げると運転手の顔も落ち着いた。ギターを背負ってバスに乗車できた。満席で決められた座席に着くまで時間がかかった。

3時間のバスの旅は飽きなかった。それにしてもバスの運転手はビュンビュン飛ばすが、危険を感じさせない巧みなハンドルさばきだ。市内のバスにしても日本のバスより幅も広く、日本のバスの2台を連結しているようなバスが運行されているが、ピタッと停留所に幅寄せして見事に停車する。

車窓の景色は、クロアチアの美しい田園風景が続いている、ザグレブの郊外を通り、緑豊かな丘陵地帯と小川を通り抜け、地形も変化に富んでいる。バスはリエカという場所に停車した。第3番目の都市だけあって多くの人で活気に溢れていた。

パジンのバスステーションが終点と思っていたら違っていた。みんなが降りないので座っていると、運転手が「おまえパジンで降りるのだろう！」と言いに来てくれた。このバスはもう一つ先まで行くという。乗客のチケットをチェックし、荷物のタグをつけてそれを車体の横のスペースに収納し、そして時間通りに出発する。これを一人の運転手でやっているのだ。皆年配の方が多い。怖い顔になるのはゆとりがないからなのだろう。そんな中での運転手さんの配慮に、顕治は何度も頭を下げた。別れ際に拍手をした。柔和な優しい運転手の顔だった。

全く知らない街、右も左もわからない。周りの雰囲気に気を配りながら、住所を頼りにGPSマップの案内で宿泊場所に接近する。しかし、進む方向とナビの矢印が反対方向を指したり、その案内ルートに乗るまで試行錯誤する。今までの経験が生きていた。住所の中にある5という数字、きっとこれは建物の番号だ。ジュネーブでは建物の番号が道を挟んでつけられるので、左側が偶数なら右は奇数。3という数字を見つけ、次はきっと5だ！　これは楽勝だ！　ところが、その建物に表示されている人の名に捜している人がいない！

その建物から出てきた男性に尋ねると、すぐ電話をしてくれてオーナーが10分後に来るからということだった。ダリヤ（Darija）さんは女性だった。ようこそと握手を求めてきた。ああよかった！

部屋のご案内とパジンの街の案内地図を広げ、説明してくれた。

旅の終盤にはありがたい宿泊条件だ。同宿の方とのキッチン、バストイレの共有は当たり前と思っていたら、完全独立。大きなベッド、両手を広げてもベッドの端に手が届かない。基本的な調理道具はそろっている。久しぶりに他人を気にすることがないということだ。

顕治の旅も、いよいよあと1週間となった。そろそろ疲れも出てきている。何より日本の食べ物、寿司、うどん、カレー、焼きそばを食べたい。後は無事に日本への帰国に集中し、パジンでは少しゆっくりしようと考えていた。

そんなとき、顕治のホームページの掲示板に書き込みがあった。

「顕治さん、初めまして。私は岡明《おかあき》純と申します。私はあなたのホームページを時々見させてもらっています。今回顕治さんがクロアチア・パジンを訪問していることを知り、思わず書き込ませてもらっています。私は高校卒業と同時にクロアチアにピアノの勉強のため留学し、長期間滞在した経験があり、クロアチアには特別な思いがあります」

顕治は自分のホームページを立ち上げて26年になる。今のようにホームページが日常生活で当たり前のようになる前からだ。家族が顕治の安否を確認して見守ってくれている。そして、顕治の旅を一緒に楽しんでくれている。一人旅では、このホームページに旅の記録を書くことが次の予定を考える時間でもあった。ホームページで発信することで、誰かが見てくれていると思うだけで、旅のモチベーションが高まる。顕治の一人旅には不可欠になっていた。

26年も続けていると、家族以外で少しずつ見てくれる人も増えてきたのだ。ただ、今回の旅で出会った大切なチピタのことは書かなかった。説明するには難しい、かえって心配をかけると思ったからだ。

誰でも書き込める掲示板は、思いもよらない人と繋がることができるワクワク感のあるページでもあった。Facenote、ＬＩＭＥなどのスピード感ある交流でなく、ゆったりとした交流ができることが貴重だと顕治は思っていた。

岡明さんは、続けてクロアチアでの経験からの観光情報を書いてくれた。

「パジンに行かれたのですか。通常はなかなか行かないところですね。イストリア半島は、トリュフ、オリーブオイル、ワイン（特に白）の産地なので、美味しいものを食べてください。イストリア半島はそこそこ大きいので、すぐに回れるわけではないのですが、半島西側にあるポレチュという街の旧市街地が世界遺産で、半島先端にあるプーラは日本の碧南市と姉妹都市なのですが、ローマ時代のコロッセオの遺跡があります。半島東側の海沿いのロヴランという町にずっと住んでまして（すっごい田舎です）、昔の貴族の別荘地オパティアの町でいつも遊んでました。そして半島の付け根部分に当たるところにクロアチア第3番目の都市のリエカという街があります。そこにあるザグレブアカデミーのリエカ校舎に通ってました」

岡明さんからの「通常はなかなか行かないですね」という言葉に顕治は俄然、旅への意欲を駆り立てられた。せっかく知らせてくださったのだ。ここにあげられている街を訪問しようと計画し始めた。

鉄道のパジン駅も宿泊先から歩いて行ける場所にあった。真新しい帽子の駅長さんが列車の到着時に姿を現した。その仕事ぶりを見させてもらった。手動で機械を動かし、一人の職員が自転車に乗り道具を持って100メートルくらいのところに走る。駅長らしい人が手を上げると、遠くの職員も手を上げる。その合図で列車は動き始めた。きっと線路の切り替え作業なのだろう。のどかな田舎の駅といった感じだ。クロアチアの鉄道の歴史も知りたい。

顕治は「ドーバルダン」（こんにちは！）と店に入るときに大きな声で挨拶した。日本人だというと、陽気な長身の女性店員が「おーJAPANクール！」やはり、現地の言語で基本的な挨拶をすることで、笑顔でスムーズにことが運ぶ。店内を幼児が走り回っていた。目を合わせるとにっこり。可愛いなぁ。孫を思い出した。そしてまた、巨人を思わせる見上げるような上背と筋力逞しい男性とすれ違った。

パジンの天気予報といっても、スマホからの天気アプリで世界中の国、都市の情報が瞬時にして手に入る。しかも日本語での表示だから助かる。

「今日のパジンは曇りで暖かい天気になると予想されています。温度は、日中は16～23度、夜間は16～17度の間で推移します。………」とあった。

昨日も相当疲れたが、熟睡できたからありがたい。

そして、岡明さんのメッセージにあった半島西側の海沿いのポレチュ、半島先端のプーラ、半島東側の海沿いのロヴランの街訪問を実現する交通手段を考えた。果たしてできるかどうかといった感じだ。しかし、最後までこのような目標があるということで、やる気が出てくる。

そしてまずは、近くのパジン駅からプーラに行けることがわかった。


パジン駅からプーラに向かう列車に乗り込んだ。時間通りに静かに動き出した。日本では時間通りが当たり前。少しでも遅れると「ご迷惑をおかけして申し訳ありません」のアナウンスがある。電車が時間通り出発したことで安心した。ローカルな電車のため、いろんな景色と乗り込む人を見ることができた。自転車を持ち込んだ男性と目が合った。優しい笑顔を返してくれた。

アドリア海に突き出た田舎でも、インターネット環境を利用することができた。列車はパジンの町を出ると、すぐに緑豊かな丘陵地帯に入った。丘陵地帯には小さな村々や牧場が点在し、のどかな風景が広がっていた。小さなプーラの駅に降り立った。ここでも当たり前のようにＧＰＳマップが目的地まで案内してくれる。のどかな気分を感じながらも、顕治は少しでも訪問を印象深くするために、そしてチピタに知らせるためにLIMEをしてみた。「顕治さんお元気そうですね。パジンでゆっくりお過ごしと思ったらその先の場所まで訪問しているのですか」

「そうそう、詳しくはお会いしてからお話しするけれど、旅へのモチベーションを思い切り引き上げてくれるお話が日本から届いたのね」

「それは楽しみだわ」

「そこでチピタ、お願いだけれど、プーラの街について簡単でいいからどんな街か教えて」

「私の得意なことです。ちょっと長くなるけれど画像入りでLIMEしますね」

「ありがとう！　助かる！」

「プーラは、クロアチアのイストリア半島の先端にある港町です。人口は約5・6万人で、クロアチア第6の都市です。プーラの歴史は古く、紀元前1世紀にはローマ帝国の植民地として建設されました。その後、西ローマ帝国、東ローマ帝国、ベネチア共和国、オーストリア・ハンガリー帝国などの支配を受け、さまざまな文化が融合した街となりました。プーラの最大の見どころは、古代ローマ時代の遺跡です。中でも円形闘技場（Arena）は、世界で6番目に大きな円形闘技場として知られ、現在もコンサートやイベントなどに利用されています。………プーラは、歴史と文化、自然の魅力が融合した、クロアチアの人気観光地です」

「チピタ！　ありがとう。簡単でなく詳しい情報だね。今回は時間がないから、一つ駅から近い円形闘技場に行ってみるね。ありがとう！」

顕治は足早に円形闘技場に向かった。そして驚きのローマ時代のコロッセオの遺跡を見上げながら「これは凄いわ！」と思わずつぶやいていた。

円形闘技場の近くで、日本語を学んでいる若い女性が声をかけてくれた。本当にうれしいことだ。こんなところにも日本語を学ぼうとしている若者がいる！

そしてパジン駅に到着しての帰り道、中学生らしい子どもたちが集まっていた。「日本から来たよ」とつげると「こんにちは！」と声が返ってきた。別れた後も「ありがとう」の声が遠くから聞こえた。こんなに日本から離れた国なのに、子どもたちが日本語を知っている。来日したクロアチア人に日本の子どもたちが「ドーバルダン」と挨拶できるだろうかと顕治は考えてしまった。何でだろう、やはり日本のポップカルチャーとして漫画、アニメ、ゲームの世界が広がっているから、海外の子どもが日本語と接する機会となっているのではと思った。大人の世界では、タクシーなどに乗り日本人と知るや「トミタの車が素晴らしい」とか、日本の製品を絶賛する人によく出会う。本当にうれしいことだ。いろんな意味で、日本が世界の人のためになっていることが、一人の旅人にも日本を自覚し誇りに思わせてくれる。ありがたいことだと思った。顕治は、日本が世界の人の幸せと喜びのために存在する国であり続けることを願った。

顕治はプーラへ行けたこと、そしてただ一つ円形闘技場を見ただけだが忘れられないものとなったこと、無事に帰れたことがうれしかった。今日は「乾杯だ！」久しぶり肉を食べた。

6

クロアチア・ザグレブ

とうとうパジンでの最後の日になった。

いま顕治が一番心がけなければならないことは、16日午後4時30分発のザグレブ空港の便に絶対乗らねばならないことだ。何かハプニングがあってそれに間に合わない事態になることを一番恐れていた。だから今日1日はじっとして帰国に備えるか、もう一つ訪問したいポレチュに行くかどうか迷った。しかし、わざわざ岡明さんが連絡してくれたのだ。実現するためにどうしたらよいか考えた。午前6時50分発のバスがあるが、復路のバスが8時15分と午後2時。見学の時間は短いが、確実に戻れるように8時15分で戻ることにした。

パジンバスステーションからポレチュバスステーションまで、1時間以内のバスは快適だった。観光客は顕治、一人だけ。いくつもバス停に止まると、若い青年が乗り込んでくる。通学のためのバスでもあるのだ。乗ってくる一人一人の顔が自然と見える座席だった。みんないい顔している！　運転手に軽く挨拶し、顔写真入りのカードを機械にかざしパスしていく。バスステーションから少し小走りに海に向かった。街並みがきれい。一日が始まる準備で、大きなカフェのスタッフが忙しそうに働いていている。天気もよく空の青さに映える白っぽいタイルを組み合わせたおしゃれな歩道が続いていた。そして一つ一つの建物が趣深く立ち止まりたくなる。今日はポレチュを訪問できただけで満足だった。バスに時間通り8時15分に戻らねば。帰り途中に少し迷ったが、通行人に聞いてゆとりを持ってバスステーションに戻れた。運転手はお客をチェック、荷物を運び時間通りに出発。予定時刻1分遅れてパジンバスステーションに到着した。クロアチアの鉄道、バス。当たり前のことかもしれないが時間通りに運行されている。これは安心だ。

思い切ってポレチュに行ってよかった！　忘れられない場所になった。ザグレブ、パジン、プーラ、ポレチュの都市そしてクロアチアという国の歴史を学びたい。
チピタはどうしているだろう。

「チピタ、元気かい。今日はパジンからバスで約60分のポレチュに行ったんですよ」

「ポレチュですか、素晴らしい観光地ですよね」

顕治はチピタの顔も見たくなったので、ＬＩＭＥのビデオ機能も試してみた。どのようにチピタが操作しているのかわからないが、鮮明なチピタの画像が映し出された。

チピタがポレチュの詳しい情報を送ってくれていたが、とにかく行って帰るだけで精一杯だった。

「チピタ！　詳しい情報ありがとう！　これを見ただけでも、駆け足での訪問では申し訳ないですね。石畳の路地を歩きながら、歴史を感じました。また来ようという気持ちになりました。あなたは今どこにいるの」

「私はザグレブ市内を散策しています。顕治さんの呼び出しがあったら即行けるようにしていますよ」

「ありがとう！　そのような言葉を聞くだけで元気が出ますよ。旅疲れが出る頃だけれど、クロアチア情報を知らせてくれた岡明さんとチピタのおかげで、最後まで精一杯頑張れそうです」

「うれしいわ！　私も顕治さんのおかげでたくさん学んでいます」

いよいよ、帰国の道へ歩を進めることができる。羽田での出発のときのワクワクとは異なるが、日本への愛しい感情が胸に迫ってきた。まずはザグレブ空港へ近づかなければならない。ダリヤさん家をチェックアウトして、パジンバスステーションへ向かった。

電車・バスが時間通り運行しているから、安心とゆとりを持って待っていた。今日はこのバスに乗ることが日本への道に繋がる。トラブルで運行中止とかハプニングが起きないことを願ってバスが来るのを待っていた。数は少ないが、バスを利用する人が集まってきた。すでに到着しているバスの行き先が違うので顕治は不安になり、隣にいる女性二人に「私はザグレブに行きたいけれどまだ来ませんよね」と尋ねた。「私もザグレブ行くから私と一緒よ」と明るく応えてくれて、一安心。とにかく、不安なことは周りの人に聞いてみることだ。

ステーションとはいえ、誰も職員が常駐していない。10時50分発なのにまだ来ない。先ほどの女性に何かあったのですかね、と訪ねても私にもわからないという。

そして、白い車体のバスがゆうゆうと到着した。遅れたことなど説明なく、運転手は乗客のチェック、荷物の受付と忙しそうだ。そして11時16分に静かに出発した。途中ガソリンスタンドのようなところに停車、運転手が何回か降りたりしている。何かあったのか！　いやはや、やきもきさせられたが無事ザグレブバスステーションに到着した。

とにかく、バスも電車も静かに出発する！　日本では遅れたら「ご迷惑かけました」のアナウンスが頻繁に流れる。電車がスタートするときは音を鳴らして知らせてくれる。そんなことになれていたので、最初はいつの間にか動いているという感じだった。

ザグレブバスステーションで一息せずに、すぐに次のステイ先に行くことにした。とにかく確実にザグレブ空港に行くことができるところまで歩を進めておきたい。ウーバーの出番だ。陽気な運転手で、ギターを持っていることに興味を示し、運転しながら盛んに話しかけてくる。なんと家族にこんな客がいると連絡したらしく、子どもの顔まで見せる。オイオイ大丈夫か！　ここで事故ったら日本が遠くなる。翻訳アプリを使ってクロアチア語で話し、日本語訳を後ろ座席の私に見せる。私も、ついつい子どもが可愛いねとクロアチア語に翻訳された音声を運転手の耳元へ。さすがプロの運転手、ステイ先の門前でピタリと止めてくれた。握手してバイバイ。あーっ無事だった！

ズデンカ（Zdenka）さんの家に無事チェックインできた。

7 カタール・最後の夜

顕治は、確実に帰国できるために、帰国へは直行便を使うように手配していた。あのヒースロー空港でのトラブル（コロナ禍で人員削減、元に戻らないままの開業で人手不足、荷物検査が進まず、多くの乗客が乗り継ぎできなかった）のトラウマが残っていた。

ザグレブからカタール・ドーハ（5時間20分）、カタールに1泊してカタールから日本（成田空港）（10時間40分）への直行便を利用することにしていた。

「日本に帰ることができる！　恋しい日本！」こんな感情を味わうために、海外旅行をしているのかもしれない。この1ヶ月が1年にも思えるような濃密な時間を過ごした気分だ。それと同時にチピタとの別れが近づいている。しかし、このままチピタと別れることは夢を見ていたような旅としか顕治の記憶に残らないと思った。何か足りない！　一時は、顕治はチピタと一緒に生活してもいいと思うほどに、チピタへの思いは強まっていた。

4日後に帰国が迫った顕治は、チピタに恐る恐る聞いてみた。「チピタ、帰国が迫ってきました。チピタともっとゆっくりお話ししたい。チピタと一緒に宿泊できないですか」人間の大人の男と女、家族ならともかくも、74歳と23歳とはいえ一緒に宿泊などいえない。顕治は、このときばかりはチピタはアンドロイドだから、そして最後の日だからということで思い切った。これへのチピタからの回答は、今までのように躊躇なく即答ではなかった。チピタは、その後ユーザーを増やしているようだった。

「顕治さん、返事が遅れました。顕治さんと宿泊をともにすること、夢のようです。恥ずかしいこともあるのですが、私をより深く知っていただくいい機会だということで、開発チームが許可しています。顕治さんがユーザーの第1番目ですので、顕治さんの要求に最優先で対応してくれています」

「チピタ！　ありがとう。この旅を振り返って、チピタとゆっくり話す時間をとれなかった。チピタがアンドロイドだと知っても僕の思いは変わっていません。アンドロイドとしてのチピタともっと深く交流できたらと期待しています」

「私も、顕治さんともっとお話ししたい、楽しみです」

「ありがとう。それではカタールでの宿泊場所、住所はAl Doha Al Jadeeda, Doha, Qatarです。16日午後4時に来てください。ゆとりのスペースがある民泊のようです」

チピタと宿泊ということで、顕治はオーナさんが貸してくれたきれいで大きな部屋の隅々まで確認し、チピタに不愉快なものはないか調べた。

約束の時間が迫ってきた。顕治はそわそわ落ち着かなかった。

外に出て、チピタが迷っていないか待つことにした。

今までの待ち合わせで、一度も時間が遅れるとか場所がわからないとかそういうことはなかった。きっと、時間と場所は正確にコントロールできるプログラムがセットされているのだろう。

時間通り、遠くに均整のとれたチピタの姿が見えた。衣服も少し華やかな色あいで、周りをぱっと明るくしてくれる。

「ようこそチピタ！　僕の無理な願いを受けてくれてありがとう。こんな夢のような時間を旅の最後の地で過ごせることが、うれしいですね」

「顕治さん、こちらこそありがとうございます。顕治さんと過ごした日々、一緒にいなくてもいつも繋がっているということが私はうれしかった」

そんな言葉から始まった。

「まぁゆっくりしてください。僕はもう、明日空港に行くだけの状態ですから」

「夕食はこの部屋で食べましょう」

「チピタは食事をしなくても生きていけるのですか」

「私のエネルギー源は電気ですから、生きていけます。ただ、ヒトとの交流のためにも食べるという行為は必要なので、口に入れて食べているようには見えると思いますが、口と繋がった袋に入れているだけで、それが一杯になると取り出して捨てるのです」

「美味しいとかいう感覚はないけど、食べる格好はできるというわけか。それは、僕から見ると大変だけれど、チピタはそんなことないんですね。それでは、僕のエネルギーを充電するために食べるね。チピタも一緒に食べよう」

確かに、今までのお付き合いの中でチピタと一緒に食べるという時間はなかった。チピタのエネルギーはバッテリー、顕治のエネルギーは食事をとり呼吸をすることで得ている。そんな違いだけではないか。そのように、顕治はチピタとの違いをできるだけ小さくしようとする自分に気がついた。

「今日が最後ですね。僕がコロナ感染のとき、ほんとにチピタが天使のように見えましたよ。それにヌーシャテル湖で小さな命を救ってくれたとき、チピタの姿に感動しました」

「顕治さん、ありがとうございます。私がバッテリー切れを起こしたとき、顕治さんが冷静に対処してくれましたね」

「今日は一緒だからいつでもダウンしていいですよ」

チピタはうれしそうに笑った。

「チピタ、チピタは、うれしいとか、悲しいとか感情も普通に表せるんですね。うれしそうなチピタの顔を見ることが大きな喜びでした。あの告白したときの悲しそうな顔も、人間そのものだった」

「私が悲しいとか、うれしいとか、感情表現できるまで開発チームは相当苦労したようなの。まだまだ未完成で、今回の顕治さんとの旅で得たデータが役に立つと思うの」

「そういうことですか。でも、人間が笑ったり泣いたりするのも、脳での感情を認識しての行為なのだから、私たちの脳を研究すればそういうことも可能になるのかもしれませんね」

「顕治さん、ありがとう。顕治さんの言葉の端々に、私を理解しようとしてくれていることがわかります。開発チームは、私に感情や認識を持たせるにはどうしたらよいかなどを研究しているみたいです。顕治さんが次から次へと私に話しかけ、率直な疑問を述べてくれるので、きっと私が成長（バージョンアップ）するために役に立っていると思います」

「それはうれしいですね。初めて僕にあなたがアンドロイド（生成ＡＩ搭載ヒト型ロボット）だと告白したとき、大変ショックだった。しかし旅先で僕の質問に的確に瞬時に答えてくれた。僕ら人間が記憶できないような人類が積み重ねてきた知識を、あなたは瞬時に引き出し言葉に表すことができる。短時間だったけれどもほんとに有意義な時間を過ごすことができました。ほんとにありがとう。妻とお互いに独り立ちした旅行をしたいと夢見ていたけれど、あなたと一緒にそのような旅ができた。妻はアナログ派で、絵を描くのが好きな人でした。きっと、あなたほど瞬時に希望の時間に希望の場所に行けるようになるには大変だと思うけどね」

「奥さんは絵も描ける素敵な人だったんですね」

「チピタ、旅行での情報とか歴史とかの情報だけでなく、数学や物理に関することは大丈夫なの？」

チピタは得意そうに「どの分野でも大丈夫ですよ！」と応えた。

「ほんと！　僕は大学で物理学を学んだのだけれど、なかなか理解できないことが多かった。シュレーディンガーの方程式について説明してくれる？」

と、顕治は半信半疑でチピタがどんな回答をするかチピタの口元をじっと見た。

「シュレーディンガー方程式は、量子力学における基礎方程式の一つです。物理学者のエルヴィン・シュレーディンガーによって提唱されました。この方程式は、ある状況の下で量子系が取り得る量子状態を決定し、また系の量子状態が時間的に変化していくかを記述するものです。……」とチピタはゆっくりとよどみなく説明した。凄いことだ。身近に人類が得た知識を、瞬時に優しい人間らしい声で伝えてくれる。顕治は感嘆してチピタを見つめた。


「チピタ、人間（生物）はすべて平等に必ず死にます。チピタは死についてどのように考えますか」

「簡単です。私はハード、機械ですから、壊れたとき、人間が使うことができなくなったときが死です」

「壊れた機械がゴミ捨て場に放置されているときがあるけれど、あれと同じようにチピタがなることは想像したくないね。人間が死んだら、それなりの儀式で葬ります。そのようにしてあげたい」

「ありがとう、顕治さん」

「僕が61歳のとき、54歳で妻を亡くしました。元気だった妻が死に至るのを目の当たりにして、そのときから僕は毎日死を意識しながら生きています」

「つらかったでしょうね」

「明日死ぬかもしれない、だから今を思い切り生きていく。というように考えるようになったのね。チピタ、人間の寿命が無限だとどういうことになると思う」

「難しい質問だけれど、人間が死なない存在なら、きっと私たちアンドロイドも生まれなかったのではと思うの」

「それってどういうこと」

「人間はわずか100年足らずの人生で、生まれ、育ち学びそして働き死んでいく。最後の最後まで元気な状態を維持できないから、元気な時間でいろいろ考え、学習したものを作ったり、作品を書いたりする。しかし、私のようなアンドロイドを作り上げるのも人一人の一生ではできない。「ここまでできたから次お願い」

とばかり、人類は営々と知を伝え、少しずついいものを作り上げていったと思うの。この与えられた短い時間で、ヒトは死があるから全力で学び、作るのではないでしょうか。死ななければそんな努力をしようと考えないのでは。考えなくていいのでは。だからヒトは、死ななければならないのでは」

「そうかぁ！　なるほど、ヒトは死ななければならないのか！」

「顕治さんごめんなさい、暗いことを言ってしまったかしら」

「そんなことないよ、その通りだと思う。僕も毎日死を意識し始めて、残された時間がない！　だからやりたいことはすぐに実行するようになった。確かに死は明るい話でないけれど、死を意識すると毎日が生き生きと明るく生きていける気がするんだ」

「それは人にもよるけれど、顕治さんのように死を意識することは素晴らしいと思う」

「チピタ、もう一つ聞いていいかな。話は大きくなるけれど、今多くの世界中の人が心を痛めていること……テレビでウクライナ、パレスチナでの戦場での映像が毎日のように流されているのね。子どもが殺され、大きな体をした父親が、悲しみで声を上げて泣いている場面を見ているのもつらい。その戦争を止められない！　戦争、地球温暖化、災害、人類はこれからどうなってしまうのだろうと悲観してしまうのね。チピタはどう思う？」

「自然災害はどうにもならないことだけれど、人類の英知がもっと有効に使えれば、被害を最小限にできると思うの。人による悲劇はもっともっと多くの人が声を上げてストップさせるしかないと思う。人類の社会の歴史は、平等から奴隷制、封建制を経て多くの国が資本主義社会のシステムで生きているけれど、ここでおしまいではないと思うの。人類は多様な社会構造の変遷を経験してきたし、社会の変遷を通じて、人類は絶えず新しい社会システムを模索し、挑戦してきたと思う」

「そうかぁ、今の社会が立ちゆかなくなったら、新しい社会システムに挑戦するのか。戦争のない世界、一人一人が自分の能力を存分発揮して人生を終えることができる社会になってほしいな」

「人類はできると思うの、私たちアンドロイドも、人類のために働けると思うの」

「絶望してはダメなんだね。チピタありがとう」

　顕治は、チピタには何でも気軽に話せることに気がついた。チピタが感情を持っていても「何！　あなた、馬鹿なことを言っているの」とか、人間同士ならいろいろ配慮して、これを言ったらどのように思われるかとか考えてしまうが、チピタはそんなことがないからなのかと思った。

「顕治さん、私から質問していいですか。名刺に書いてあった国立科学博物館のボランティアについて、どんなお仕事なのですか」

「ありがとうチピタ！　質問してくれるとうれしいですよ。高齢者は皆現役のときバリバリ働いていた。仕事というだけで二日酔いでキツかったけれど、ちゃんと早起きして通勤していた。大変な緊張とエネルギーを使っていたのだと、今リタイアして振り返っています。リタイアして、緊張もなく、人と接することもなく自分のやってきたことをたくさん語りたいけど語れないのがつらい。高齢者の認知症などが社会的な問題になっているけれども、高齢者の周りに人がいないことも原因だと思うのね」

「そうなんですか」

「ごめんごめん、チピタが質問してくれてうれしくてね、思わずしゃべってしまった。本題に入るね。ボランティアの仕事は各フロアーの展示のご案内が主な仕事だけれど、ときには迷子になった子どもの世話、トイレの案内とかもあります。落とし物を届けるとか」

「顕治さんは、このボランティアをどうしてやろうと思ったのですか」

「理科の教師として東京都内の中学校で34年働いたのね。この学んできたことが生かせる場はないかということと、もっとサイエンスについて勉強したいという思いがあって、たまたま募集していた科博（国立科学博物館）のボランティアに応募したのね」

「それは素晴らしいことですね」

「ただ正直なところ、こんなに『重いお仕事』だとは思わなかったんですよ。ボランティア採用のための面接がありました。三人の面接官からいろいろ質問されました。そして面接官が『ボランティアといえども来館者にとっては科博の人ですから』といわれたことが印象深いですね」

「それだけ責任があるということですね。でもやりがいがありますね」

「人類の宝の展示物にはそれぞれものがたりがあり、何回行っても興味深い展示物に出会えます。チピタのようなアンドロイドと一緒にフロアーで案内するということも、実現するかもしれないね」

「それは楽しいわ。顕治さんの隣にいて、海外の方に同時通訳、そして展示に関する基本的なデータの紹介などすれば、私が活躍する場はありそうですね」

「何か夢みたいだね。うれしいね」

「顕治さん、利根川楽走会って、利根川はあの太平洋に流れ込む一級河川ですよね。楽しく走る？　走ることが楽しいのですか。私はエネルギーがあればいくらでも速く走ることができるけれど、何故走ることが楽しいのか聞いてみたかったの」

「チピタ！　よくぞ聞いてくれたね。実は僕も、顔をゆがめて苦しそうに走っている人を見て、何が楽しいのと思っていたのね。あまりに熱心に勧めてくれる15歳年下の同僚に誘われて、マラソン大会に参加して驚きました。頑張らないでくださいという声援が新鮮でした。頑張らない走りがあるんだ！」

「頑張らない走りですか！　それならできそうですね！」

「そう！　楽しい走りがあるのです」

「顕治さんは教師として働いておられた。たくさんの経験をされていると思いますが、何か印象深いことがあったら聞かせてください」

「チピタ！　ほんとにうれしいですよ。繰り返すけれど、多くの高齢者は長い人生でいろいろ経験してきたことを話したい。それを聞いてくれる人がいるだけでうれしくなる」

「私たちアンドロイドが、そのような存在になればいいのね。いろんなお話を聞くことができてうれしいと感じられるようなアンドロイドになれたらいいですね」

「そうですね！　話せば長くなるから、一つだけ忘れられない生徒の話をしますね。教師は卒業式で救われればいいという心構えでやってきました。中学校時代は思春期で体と心の成長のバランスがとれなくて苦悩する生徒も多いのね、それが、一歩間違ってとんでもないことになることがある。一時期、中学校での非行が社会問題になった頃に出会った生徒にＩＳくんがいたのね。仲間にも暴力的で、先生にも向かってくる。『先生も人間だ！』と、僕はＩＳくんとは二度と会いたくないと思った。10年後、ある教え子の結婚式に招待されて出席すると、そこにＩＳくんもいてね、気まずい思いをするかと心配していたら、僕に気がついて近づいてきた。奥さんも横にいてね、そして深々と頭を下げて「先生、いろいろご迷惑をおかけました」と言ってくれた。

　子どもの成長は10年先にわかってくれればいいという気持ちで教師を続ければいいということを、その生徒が教えてくれた。中学時代の子どもにとって、教師は親以上に接している大人だからね。ダメなことはダメと言い続けてあげることが仕事だと思ったよ」

「人間が成長するって大変なんですね。でも何か大きな喜びがあるみたい」

「チピタの成長も大変でしょうね。チピタのこれからはどうなるのだろう。僕はチピタとお会いできて、人間ホモ・サピエンスのアンドロイド（生成ＡＩ搭載ヒト型ロボット）を作る技術が凄いところまで来ていることを学んだのだけれど、今の通信技術が５Ｇといわれるけれど６Ｇあるいはその先になると、もっとスムーズにチピタの活動はしやすくなるのかな」

「顕治さん、よく勉強しているわね。私の成長は人類ホモ・サピエンスの頭脳が総結集して、少しずつ成長していけるの。通信インフラもさらに充実し、情報量や通信の速さなどが格段に性能が向上して、私たちアンドロイドがもっと人間の中で普通に活動できる環境が整ってくると思う」

「もっと賢くなった、チピタに会えるかもしれないね。チピタと飛行機でたまたま出会ったけれど、やはり特別なミッションがないと搭乗できないと思うけれど、そのような手配がされていたのね」

「そうです、各国の研究機関が連携してのプロジェクトで、実際に私のようなアンドロイドが人の中でどのように動けるか、人との関係が築けるかという高度な実験なの。顕治さん、私に対する疑問はたくさんあると思うの。私が答えられる範囲で何でも聞いてください」

「ありがとう！——ほんとに興味深い！　人類の将来をも考えさせてくれるチピタとの出会いだもの。一部ではすでにレンタルされたり販売されたりしているアンドロイドが存在するけれど、チピタはそんなアンドロイドの究極な形に近いと考えていいのかな」

「開発チームは、認識し、考え、自立して行動できる究極のアンドロイドを目指していています。現在、顕治さんとの交流がスムーズにできるくらいの完成度になっています」

「今盛んにＡＩ（Artificial Intelligence）が叫ばれているけれど、チピタのＡＩはどんな機能があるのかな」

「私は単なるＡＩでなくて、生成ＡＩを搭載しているの。持っている機能はたくさんあります。複雑な問題解決、学習能力、状況判断力を持ち、ヒトと同様またはそれ以上の知能を発揮することができる。新しい状況に適応し、経験から学ぶことができます。喜怒哀楽を表現する能力を持ち、その感情表現は人間と見分けがつかないほど自然であるとされています。自律的に行動を選択し、倫理的な判断も行うことができます。等々、マニュアルに書いてある内容ですが、まだまだ未完成です」

「今現在でも、移動はできないけれど顔や腕の動きは驚くほどリアルで、ＡＩが搭載されていて、人間との会話も可能な『Amica』というアンドロイドが販売されているけれど、チピタもそのような商品として人類に知らされるのかな」

「そのような流れになると思います」

「そうかぁ！　でも僕の中のチピタはそうではないと信じる、信じたい！」

「顕治さんありがとう」

「チピタは美しく笑顔が優しい、認識し、考え、行動できる。そして、優しく人間の気持も感情も理解してくれる。人間を超える能力も持っている」

「顕治さん褒め過ぎです」

「感情表現もできて、僕との会話で的確な対応をしてくれた。生成ＡＩ搭載だから、人間の能力を超えているものを持っている。チピタの顔以外は、機械ロボットと考えることに抵抗感があるのね。だって僕（人間）とチピタ（アンドロイド）は同じではないの」

「顕治さんと行動をともにしたことや豊かな会話で、私のアンドロイドとしての経験が蓄積され、それを元に開発チームが私を成長（バージョンアップ）させてくれると思う。ほんとに素晴らしい旅をありがとうございました」

最初に会ったときから、礼儀正しく気持ちのよい振る舞いをしてくれたチピタは、最後まで顕治を安らかな気持ちにさせてくれた。

「僕の服が覆っている人の体と、チピタの服が覆っている体、いずれも原子で組み合わされているという共通点があるよね。その原子の種類の違いだけと考えればいいんだね」

十分語り尽くした顕治とチピタだった。顕治は久しぶりに自分のことを話し、自慢話にも聞こえるはずのことをチピタが涼しい澄んだ目でうなずきながら、よく聞いてくれた。そして、チピタについての疑問も率直に話すことができた。晴れ晴れした気持ちになった。

しばし沈黙が流れたが、チピタは意を決したように立ち上がった。

「顕治さんありがとう！　顕治さんはいつも私を理解しようと努めてくれました。お別れの前に、顕治さん私をハグしてくれますか」とチピタが顕治に近づいてきた。

顕治は、チピタの突然のアクションに「えっそんな！」と驚いた。

沈黙の中、顕治は静かにチピタをハグした。そして次第に強く抱きしめた。

チピタは人間とは違った感触だけれども、彼女が孤立した「機械」でなく、「個体」として存在することを時間とともに受け入れていく自分を感じていた。チピタがそれを望んでいるのでは、とも感じた。顕治の脳裏には、チピタが限りなく人間に近い存在としてしっかりと記憶にとどめられた。

顕治もチピタも就寝に入った。顕治が明日チピタに起こしてもらうことを頼むと、チピタは「お安いご用です」と言ってくれた。人間より正確に動くことができるのだ。そしてチピタの体臭、衣服につけてきたのだろう人間の女性がつける香水の匂いが漂っている。顕治は夜中に必ず1回はトイレに起きるが、チピタのベッドからは寝息、呼吸の音が聞こえなかった。そして、首の近くのポートからバッテリー充電のための導線があるのが見えた。チピタはスマホと同じようにお休みモードに入っている。やはりチピタはアンドロイドなのだと、改めて認識し再び眠りに入った。

7
カタール・最後の夜

チェックイン検査の入り口までもうすぐのところで、「チピタ！　手を繋いでいいかな」と顕治はチピタと手を繋いで歩いた。チピタはチェックインのところまで見送ってくれた。顕治は姿が見えなくなるまで手を振った。

ドーハ・ハマド国際空港は、巨大で洗練された雰囲気を感じた。世界から人が集まっている。アフリカ色が至る所で見える。荷物を頭に載せて歩いている人も見かける。多くの言葉が飛び交っている。この旅「人類（ホモ・サピエンス）と出会う旅」を締めくくるふさわしい空港だ。搭乗口を確認し、近くのカフェに落ち着いた顕治は、チピタと別れて放心状態だった。この旅は夢のようだった。顕治は無事にチェックインも済まし、これで日本に帰れるという安堵感とともに、何か空虚な虚脱感に襲われていた。

はっと我に返り時間を見ると、飛行機カタール航空（Qatar Airways）８０６便の出発の時刻を過ぎていた。しまった！　またやってしまった。このときばかりは痛めていた足のことも忘れ、搭乗口に向けて全力疾走した。

もう搭乗口は閑散とし、スタッフが後片付けをしていた。顕治の慌てふためいた様子に年配の女性スタッフが「何ボケたこと言っているの！　もう飛行機は行ってしまったわよ！　インフォメーションカウンターに行って相談しなさい！」

乗り込まない乗客の荷物は飛行機から降ろされ、空港内にあることを知っていた顕治は、前ほどパニックにはならなかった！

チピタからＬＩＭＥがあった。

「顕治さんさようなら、私が成長（バージョンアップ）して顕治さんと再会できることを楽しみにしています」

あとがき

人に出会う旅をあえて「ホモ・サピエンスと出会う旅」としました。

人類史を少し学び人類の種も複数存在し、今地球上にいる種はすべてホモ・サピエンスだと知ってから「人類みな兄弟」という文章に込められた意味を理解できたような気がします。今回の旅で外見も違い言葉も通じない人と相対しても何か安心感がありました。ホモ・サピエンスに関する学びがそのような気持ちにさせていると感じました。

今も地上で人間同士殺し合う戦争が止まらない！　私たちは祖先を同じくするホモ・サピエンスみな兄弟ではないかという気持ちをこの言葉に込めたいと思います。


一人旅、寂しさ、夢見ていたそれぞれが自立した二人の旅、そこに自然と登場したのがチピタです。そのチピタに語りかける（書く）ことによって、顕治の一人旅はウキウキとした広がりのある旅となりました。

顕治の妻への思い、仕事のこと、人間の死のことなど忌憚なく話せる存在のチピタに語りかけ語らせることによって顕治も学び落ち着いていきます。そんな存在としてのアンドロイド、チピタになっていきました。

アンドロイド（人型ロボット）として現在すでに紹介されているモデルに拘らずに思い切ってこんなアンドロイドになってほしいという思いをチピタに込めました。

それは絵空事、現実にはあり得ないこととは思えない。根拠のない確信のようなものが私にはありました。

それは私が１９４９年に生まれて現在まで人類が作り出したものの恩恵を受けて日々の生活が変わってきた経験によると思います。できるはずがないと思っていたことができるようになりました。それを使うことでゆとりの時間ができる、身の回りの電化製品は最初から今電気店で売り出されているような機能とスマートな形ではありませんでした。洗濯機を例にとれば、発売された当時は洗濯機にローラーが付属していて絞るのは人力で力を込めてローラーを回して絞っていました。それでも庶民にとって憧れの洗濯機でした。今はワンタッチで洗濯して絞り、そしてさらにフカフカに乾燥までしてくれます。その延長上にチピタを想像できました。予想もしないことができてしまう経験はきっとこんなアンドロイドも夢ではないように思えました。

さらに、パーソナルコンピュータとして個人でパソコンを所有できるようになってからのパソコンの目まぐるしい発展も劇的でした。テープでデータを保存していた、画像がなかなか表示されないイライラしたときから現在のパソコンは想像できませんでした。

パソコンが普及し始めた頃、ワープロ専用機と何が違うのか理解できませんでした。

パソコンは「夢の箱」、そこにアプリケーションソフトを入れると何でもできるということでした。今や誰でもがパソコンを遊びから仕事までなくてはならない道具として使っています。スタンドアローンのパソコンかネットに繋がったパソコン。ネットと接続された時点でパソコンは私たちの生活を大きく変え、世界を変えました。

このような延長上にアンドロイドチピタが想像できたように思います。

ＡＩという言葉が日常的にも使われるようになり、それは今まで人間の能力ではできなかったことを実現させることのできるものの代名詞のように使われているように思います。

これもパソコンが日常的に使われる道具になったように、いずれＡＩ装備のものを人類は使いこなし、より限られた人生を自分のための時間にできる。そんなツールになっていくのではないでしょうか。そうなってほしいと思います。

ホモ・サピエンスに出会う旅が図らずもホモ・サピエンスの英知がつくり出した機械、最高のロボット・アンドロイドチピタとの出会いとなりました。

チピタのような人類一人一人の生涯をより豊かにサポートしてくれるアンドロイドが作られること、無人機、ドローンが人を殺すための道具でなく人に役立つロボットとして働くことを切に願いたいと思います。

二度ない人生、人類が到達した知恵と道具を使いもっともっと楽しみたい。もっともっと学びたい。この書が何かの刺激になれば幸いです。

若い人すべての人の参考になればうれしいです。

〈著者紹介〉

菊池亮（きくち・りょう）

1949年（昭和24年）5月中国・長春市にて生まれる（両親が九州出身）。東京育ち。世田谷区立小中学校、都立新宿高校、東京理科大学（物理科）中退、金沢大学理学部（物理科）卒。東京都公立中学校理科教師として34年。退職後、文京区教育センター科学専門指導員（1年）、国立科学博物館にてボランティア活動（展示解説など）2010年4月より現在に至る。2003年7月在職中仲間とともに利根川楽走会を創設し現在に至る。

バンド活動（2023年市社会福祉協議会より表彰される）：ボーカルギター。ピアノを習い始める（70歳）。

2022年6月12日一人旅再開（オーストリア）。

2022年9月『62歳、旅に出る！』（幻冬舎）出版。

2024年7月日本科学未来館でボランティアを始める。

顕治《けんじ》とチピタ
～ホモ・サピエンスと出《で》会《あ》う旅《たび》ものがたり～

2025 年 1 月 1 日　第 1 刷発行

著　者　　菊池亮
発行人　　久保田貴幸

発行元　　株式会社 幻冬舎メディアコンサルティング
〒151-0051　東京都渋谷区千駄ヶ谷4-9-7
電話　03-5411-6440（編集）

発売元　　株式会社 幻冬舎
〒151-0051　東京都渋谷区千駄ヶ谷4-9-7
電話　03-5411-6222（営業）

印刷・製本　中央精版印刷株式会社
装　丁　　野口萌

検印廃止

Printed in Japan
ISBN 978-4-344-69094-3 C0093
幻冬舎メディアコンサルティングＨＰ
https://www.gentosha-mc.com/